作者 藍橘子

CONTENTS

第一章

這是一個比Marvel和ＤＣ加起來更多姿多采的世界。

科技並沒有如人們預期般發展，相反，整個世界往奇幻的方向推進。

因為「門」的出現……

起初科學家叫它做「連接異世界的蟲洞」，但因為它廣泛地出現，大家已習以為常，改稱呼它做「門」。

這些門會毫無預兆地出現，目前仍未有人研究到它的來歷及出現的規則。有可能是百貨公司的逃生門，學校女廁的門，酒店尾房的門，或你家中睡房的門……都有可能變成連接異世界的出入口。

這些異空間人們稱為「副本」，內部是一個巨大的迷宮，充斥各式各樣比奇幻小說更有趣的魔物，它們會毫不留情攻擊闖入門的人們，將他們撕成八塊。

將那些魔物通通消滅後，副本就會消失，變回一道正常的門。

除此之外，魔物的屍體蘊含著巨大的能源，科技發展是因為人們生活需要能源，如今魔物的能源就解決了能源短缺的問題。

所以，政府就衍生出「異界管理局」這個超賺錢的部門，只要市民發現門，就立即向管理局通報，他們會派部門專家來處理。

這些專家專門消滅魔物，將能源賣給管理局獲取金錢，他們被稱為獵人。

可幸的是，副本內的魔物從未透過門步進人類的世界。

三個年輕的獵人，走進尖角町的馬路交會處旁的公園。

「尖角町」早上會看到啃著麵包趕上班的人們。晚上除了應酬的上班族，更增添來聚會或去酒吧消遣的年輕族群。尖角町就是這麼熱鬧的區域。

三名獵人進去的小公園，每晚都有醉漢在草地上昏睡，或被情慾沖昏頭腦的情侶在沾滿嘔吐物的樹下打炮。

「文俊哥，我們等下要去哪個副本？」阿銘身穿簡單裝備，剛登記成獵人的他希望靠著當了獵人幾年的前輩帶他賺取外快。

「你跟緊在我背後就可以了。」帶頭的文俊當上獵人幾年，剛跪著抓住考官的褲腳才通過Ｄ級獵人的考試。

他決定帶領身旁兩位初出茅廬的新手獵人來重拾自尊心。

文俊轉換一把溫柔的聲音向另一位女獵人說：「放心唷妮妮，等下我會保護妳，如果妳害怕的話就摟住我的腰吧。」

「是。」妮妮是阿銘的妹妹，一樣是個新手獵人，雖然她選擇的職業是魔法師，但在小孩面前表演魔術還可以，實際上連半個魔法都使不出來，純粹是覺得裝備漂亮。

三人走進公園的公廁，男廁最後一個廁格是「門」。聽說已經很多年了，異界管理局也評級這道是E級的門，內部只有一些低級的怪物，只是不知為何，一直未被獵人攻破。

「進去吧！」文俊挺起胸膛裝作威風走進副本內。

眨眼間，他們從彌漫著排洩物加嘔吐物氣味的狹小公廁，來到一個廣闊的石洞。

文俊預先從管理局買下這個副本的地圖，更在前一晚預習攻略的路線，這一切都是為了獲取妮妮的歡心。

「嘩～原來這就是副本啊～」這是阿銘的初戰，難掩雀躍的心情。

「喂！跟緊別亂跑啊！靠著右邊前進就能到達最深處的房間，前方會有一堆史萊姆和骷髏怪，換上鈍器對骷髏怪和史萊姆更有效！」文俊咂舌：「唉，最近的新手獵人真教人頭痛。」

接著他又換上自以為磁性的聲音對妮妮說：「放心，我會保護妳的。史萊姆帶有輕微毒性，萬一我受傷，妳要幫我用治療魔法療傷唷。」

「但我不懂治療魔法。」妮妮說。

「沒關係，妳的微笑就是我的治療魔法。」文俊擺出自以為帥氣的笑臉。

說畢，前方果然出現三個骷髏怪，牙關互擊發出喀喀喀的聲響。

「看我的！」文俊戴上鋼鐵拳套，縮起肩膀衝上前，先彎身避開骷髏怪的斬擊，再精準地朝它們的下巴使出勾拳。

三個骷髏怪的頭蓋骨隨後「咚咚咚」地滾落在地上。

「嘿嘿，知道我的厲害了嗎？」文俊相當得意。

此時，左前方又冒出幾隻想偷襲的史萊姆，文俊使出技能【恐嚇】朝牠們大聲呼喝：「給我滾！」

【恐嚇】能嚇跑比施放者等級更低的魔物，史萊姆們嚇得落荒而逃。

「文俊哥，太厲害了！」阿銘大聲歡呼。

「嘿嘿。」

「啊啊啊！」妮妮突然大叫。

文俊回頭一看，發現三頭綠色皮膚的矮小生物——哥布林，合力將妮妮拐走了。

「可惡，你怎麼不好好看著你妹妹！我們快追上去！」文俊將所有責任推卸在阿銘身上。

「嘰嘰～」哥布林發出嘲諷的笑聲逃進狹窄的暗道中。

咦？地圖上明明沒有這條路，但焦躁的文俊，依然一股勁地衝進洞穴深處。

終於，兩人追到地道的盡頭，發現幾個哥布林正對著地上的某個東西瘋狂攻擊。

文俊定睛一看，地上正是妮妮穿著的魔法師長袍，她正蜷縮成一團、抵受著哥布林無情的拳打腳踢。

「你們這班臭魔物！放開那個女孩！」文俊施展技能【恐嚇】後大聲呼喝衝上去，三個哥布林嚇得蹲在地上抱著頭，其中一隻被文俊一腳踹飛。

「妳沒事吧？看來需要做人工呼吸和胸部復甦……不，心肺復甦法了！」文俊將地上的妮妮抱起來。

「喀喀喀喀！」一具骷髏的臉發出牙齒撞擊的聲音。

「骷髏怪？」文俊完全沒想到，眼前的竟然是穿著妮妮衣服的骷髏怪。

「嘰嘰嘰嘰！」哥布林指向文俊的頭頂。

文俊抬頭一看，十多隻史萊姆黏在地道的頂部，接著全數掉落在文俊的頭上。

「啊啊啊！不要……」史萊姆的體液擁有低毒性的麻痺，但十多隻加起來，就能瞬間使人進入完全麻痺的狀態。

「可惡……中計了。但怎、怎麼可能？魔物應該是沒有智慧的生物才對，牠們不可能懂得設置陷阱，除非……」文俊全身脫力趴在地上，快要失去意識。

「除非有人在背後教牠們？」一道身影從暗處步出，他慢慢蹲在文俊面前。

出現在眼前的是一位五官清秀，皮膚白皙得像吸血鬼的少年，他有著一頭反照出銀光的白髮。

「喂，你是管理局派來的嗎？」少年拍打他的臉頰。

「呃……呃……」文俊渾身顫抖，這不是因為史萊姆的麻痺毒，而是來自少年冷酷得像野獸的眼神。

「咦？我用錯魔族語了嗎？沒有吧？你是管理局派來的嗎？」少年說。

「不……我們沒有公會……」麻痺毒令文俊頸部以下的全身都沒法動彈。

「這樣啊。」少年試圖展露出和善的笑容，但陰沉的他看起來非常勉強：「我明白了。」

接著，他從喉結發出奇怪的音調，聽起來就像喉嚨的軟組織在互撞發出的微弱聲響，然而，史萊姆就像聽到指令一樣，從文俊身上散開。

「放心，大約幾個小時後你就能動了，骷髏先生會帶你們出去，請你們不要再回來了。啊，對了！答應我千萬不要告訴其他人今天所發生的事。」

少年牙齒互撞發出有節拍感的喀喀聲，兩個頭蓋骨被打掉的骷髏怪走了過來，其中一具骷髏的內部，像人形監牢一樣困住了阿銘。

另一具骷髏怪將沒法動彈的文俊抬起，再用同樣方法將他困在骨架內。

「你、你作為人類，為什麼要幫助邪惡的魔物？」文俊氣喘吁吁。

「不如我來問你，人類為什麼要殺魔物？」

「廢話，少來這套了！因為魔物的門霸占了我們人類的居所啊！你不知道吧？每年有多少人誤闖門而喪失性命？」文俊彷彿用最後一口氣在怒吼。

「別搶著把光環掛在自己頭上了，獵人們只是為了能源吧？為了己欲剝奪一條生命，到底誰才是邪惡？」少年冷回。

張開嘴巴但沒有回答，不是因為他的嘴巴被麻痺，而是他答不出來。

「呼，看來我跟人類還是聊不來呢。」少年伸展筋骨，用奇怪的語言喊道：「嘰喳！把那女生帶出來吧。」

在遠處的哥布林也用了：「嘰嘰～」來回應。

此時，文俊看了看穿著妮妮魔法長袍的骷髏怪，突然像是想到什麼般瞪大雙目。

不能失去意識！不能失去意識！文俊拚盡畢生的意志力撐大雙眼緊盯著前方。

骷髏怪穿了妮妮的衣服，那就代表現在的她，正處於裸體狀態！

果然，妮妮全身上下沒有任何衣服，她用雙手遮掩重要部位，被兩隻哥布林用武器在後方指喝著，從幽暗的地道走出來。

「妮妮！妳沒事吧？你這混蛋竟敢侮辱聖潔的女神，啊啊啊我要把你們殺光！」文俊暴怒地大吼，但眼睛焦點完全沒從她身上移開。

少年將之前被打掉的骷髏怪頭骨蓋在文俊頭上：「把這又吵又色的人類帶走吧。」少年又敲敲骷髏怪頭骨：「記住唷，不要把今天發生的事說出去。」

不理會文俊的反駁，骷髏怪便將文俊和阿銘帶走。接著，少年走到妮妮面前，她害怕得渾身顫抖閉起雙眼。

「我對人類沒興趣，妳噴的香水臭死了。」少年嗦嗦鼻子。

穿著妮妮魔法師長袍的骷髏怪將衣服歸還，讓她穿上後也帶她離開，由於魔物沒法離開副本，所以只能在副本門口停下來，監視著他們離開副本。

副本內部的出入口，是一道嵌在石牆中的公廁廁格門，一打開，便看到扭曲空間的黑色漩渦。

文俊偷瞟身後擋著路的骷髏怪，這種低級的魔物當然不是他的對手，但問題是那名白髮少年。

文俊鼻孔噴氣，不忿地踏進漩渦。眨眼間，從陰暗的山洞返回公廁，獨特的酸臭味撲進鼻腔。

妮妮急步離開，臉色比淤塞的馬桶更加難看。

「妮妮，妳沒受傷吧？」文俊上前慰問，但他腦海中只充滿著剛才的香豔畫面。

妮妮不發一言，送他一個白眼，踏著濕淋淋的地板急步離開。

「文俊哥，我們……真的就這樣離開嗎？」三人走到公園附近的車站阿銘才敢開口問。

文俊的臉變得更加陰沉，本來打算在後輩面前逞威風，如今被一名神秘少年弄得顏面掃地。

「哥，車來了。」妮妮打破了沉默。

「你們先回家，我再聯絡你吧，對，今天辛苦了。」文俊用力地擠出一個糟糕的笑容，伸手想輕撫妮妮的頭髮，卻被一手甩開。

「嗯，白白浪費一整天的時間。」妮妮撇下這句就踏上公車。

看著公車揚長而去，文俊愈想愈氣，本想去酒吧喝個酒消消氣，當他走到一半才發現身上的錢包不見了，一定是被白髮少年偷走了。

文俊在街頭停下了腳步，他懊惱得頭腦滾燙，想仰天咆哮卻連生氣的力氣都沒有了。

「抱歉司機大哥，我是Ｄ級獵人，剛好把錢包遺落在副本內，請問可以……」文俊截停一部計程車。

「怎、怎麼可以……」計程車司機才說到一半，就被打斷了。

文俊的鐵拳砸在計程車車蓋上，將內心的鬱悶發洩在司機身上，再抵住司機的下巴：「我可以向管理局告你阻礙獵人工作！」

「嘖，有什麼了不起。」司機低聲咒罵打開車門。

獵人是這個世界最惹不起的存在，很多年輕人畢業後便去考獵人執照，亦是這個原因。獵人的個性大多扭曲又彆扭，你幾乎可以從每個獵人的額頭上看到「要是沒有獵人，你們就完蛋了！」的標語。

每個獵人都有令眾人敬畏的氣焰，卻不是每個獵人都有腦袋。

文俊打了一通電話。

「請問是異界管理局嗎？我想通報『門』的位置。」

「對對對，我還懷疑有人類協助魔物殘殺獵人！」

「請你們馬上派人來！地點是……」

文俊說到一半，話卡在喉結，因為他注意到車窗外的景色變成沒有輪廓的純黑。

接著，車門打開。

他感覺到一股強烈的視線貫穿他的心臟，還有一隻冰冷的手，宛如死神鐮刀般搭住他的肩膀，別說掙脫反擊了，生物的本能告訴他，只要動一根指頭，甚至移動一下視線，都會馬上人頭落地。

「咳。」死神輕咳一聲示意。

文俊用抖個不停的拇指掛掉電話。

死神之手將他扯進陰暗的後巷中，在皎潔柔和的圓月映照下，文俊終於能看清死神的真面目。

果然……是在副本內的少年。

白髮隨晚風飄揚，銀光閃爍，五官輪廓清秀，嘴唇微微上揚，那雙冷酷得能將所有靈魂攝去的眼眸緊緊盯著他。

文俊從少年清澈的眼眸間，反映出自己的模樣。此刻的他，臉色像死人般蒼白，表情充滿恐懼與困窘。

「你一定好奇怎麼可能會這樣，我可以告訴你，因為我擁有隨意移動『門』的能力。我可以將任意一道現實的門變成副本的門，在副本中亦能從任何一道門走出來。」

「你似乎忘了我們的約定。」少年淡道。

「不，我……」文俊內心的不忿怨氣完全消失了。

「只有人類才會說謊，猛獸不會，魔物也不會，所以你才會覺得副本的魔物很蠢，很容易欺負，對吧？」

少年總是說著奇怪的話，彷彿他與人類是不同的種族。但如果他既不是人類，也不是魔物，那算是什麼呢？

「你……到底是誰？」文俊顫抖。

「死神吧？」少年聳聳肩淺笑。

而死神的名字，叫奇諾斯。

此時，計程車司機眼角餘光瞥見後照鏡多了一張笑臉，才驚覺後座突然多了一位乘客。

不尋常的氣氛在車內凝聚，失去方寸的司機好不容易回過神來，看到兩個光點迎面而來急速變大。

原來計程車不知何時跑錯到旁邊的車道，一輛大貨車快要撞上他，司機急速扭動方向盤，令計程車失控在道路上瘋狂打轉。

在後座的文俊大喝一聲，想將體內已滿溢的恐懼情緒發洩出來，趁著車子打滑，少年搭住他的手稍微鬆開，他便以畢生最大的力量，指骨緊緊咬實拳套，胡亂打出像酒吧外醉漢幹架的拳法，希望傳說中的「火場傻勁」能讓他有活命的機會。

文俊內心思忖，要是今晚能活下來，這輩子不當獵人了。隨便找一份勞力工作也好，在辦公室當個社畜也好，他受夠了當獵人的日子。

然而天意弄人，注定他這輩子都要當獵人。

因為「這輩子」恐怕很快就過完了。

文俊才知道，原來死神拿的不是鐮刀，而是一把匕首。奇諾斯手中不知何時多了一把匕首，抵住文俊的頸前，那胡亂揮舞的拳頭瞬間軟頹下來。

文俊張開的口與眼睛都沒有闔上，脖頸增添了紅潤的顏色，臉色卻蒼白得像吸血鬼沒兩樣。

「答應我，以後都別當獵人了，好嗎？」

文俊拚命點頭。

車子撞上燈柱停下來，司機並沒大礙，他回頭一看，後座只剩下文俊一個人，他整個癱坐在後座，像枯萎的植物。

接著，司機又聽見汩汩流下的水滴聲，低頭一看，人形植物失禁了。

司機棄車逃去，他暗自發誓，這輩子再也不當計程車司機。

★★★

十七年前的一個夜晚，那晚沒有下雨，天空被一片厚實的雲籠罩，雷聲絡繹不絕地時而低鳴、時而怒吼，彷彿幾條惡龍在雲層中打架。

位於市中心的總統大樓頂層，由總統先生凱特雷統治，他是異界管理局的創辦人，當年各處都出現異界的門，凱特雷與兩個Ｓ級獵人創立管理局，率領整個國家幾乎九成的Ａ級獵人，將門的影響降到最低，同時亦獨占攻掠副本得到的能源。

擁有最強大的資源與硬實力，在擁有特殊能力的獵人面前，連軍隊都不敢吭聲，凱特雷自然地成為總統。

此刻的凱特雷一臉焦躁、眉頭緊鎖，連面對Ｓ級副本都沒露出這種表情，因為他的妻子快要誕下新生命，正在總統大樓頂層的醫護房叫得臉容扭曲，聲嘶力竭。

正當凱特雷在病房門外來回踱步，「叮」的一聲升降機門打開。能到達頂層的人自然身分特殊，出現的是凱特雷的私人秘書。

「總統大人，預言師醒來了。」秘書說。

「可是現在……不能再等一下嗎？」

「預言師說馬上要跟你見面，他做了一個關於你兒子的夢。」

「兒子？我的兒子？」凱特雷看向病房，剛才妻子又傳出像被惡鬼附身的淒厲叫聲。「我明白了，走吧。」

總統跟隨秘書乘升降機前往預言師的房間，自從「門」突然在世界各處出現後，人類的基因彷彿感應到威脅般，很多嬰孩天生擁有特殊能力，某些人則是後天基因突變。

有特殊能力的孩子會在小學時被發掘並訓練成獵人。預言師這個能力非常罕見，在全世界不超過十個，大多都在不同國家替最高權力者服務。

預言師能看到未來，雖然通常只是些圖像片段或聲音啟示，但能預測未來就能防患未然。為了防止有冒牌的預言師，通常會具有測謊或讀心能力的獵人在旁檢視。

人類是特別喜歡戰爭的生物，沒有預言師輔助的國家大多數都因戰敗而被吞併成附屬國。

凱特雷聘用的預言師雖然能力強大，但能力發動條件苛刻，必須進入瀕死狀態時，才能做清晰的預知夢。他會進入一個高速旋轉的儀器內，令自己進入瀕死狀態，然後醫生便對他進行急救。

當然……急救時間愈長，預知夢就愈詳細。

上次急救了三個小時，只為了一個有用的畫面。

驀地，一道雷打在總統大樓的避雷針上，升降機猛地一震，頭頂的燈閃爍了幾下，幸好升降機很快就恢復正常運作。

凱特雷呼一口氣，用兩指揉揉眼角，這才令他記起現在當務之急需要解決的問題。這次預言師的手術延長到整整兩日兩夜，心跳短暫停止了數十次，為的是要搞清楚為何最近「門」的出現位置異常，而且愈來愈頻繁。

以前門的出現頻率與位置都是隨機的，但就在最近，準確點說是在凱特雷妻子懷孕期間，門幾乎每星期都會出現。

唯一讓凱特雷鬆一口氣的是，那些異常頻繁出現的門，並沒有對全國造成任何影響，人們如常上學上班，獵人也忙著處理大小任務。

因為那些門全部都出現在總統大廈，彷彿副本內的魔物，趕著替凱特雷將出生的兒子慶生一樣。

凱特雷與秘書走到病房前，他示意秘書在門外等待。病床上躺著一個瘦骨嶙峋，雙頰凹陷，頭髮也幾乎掉光的男人。凱特雷扶著他坐起來，預言師鬆垮的病人袍中能看到胸口因多次被電擊心臟，而幾乎焦黑了一大片。

「撐得住吧？」凱特雷問。

預言師虛弱無力地點點頭。

「你夢到我的兒子？他會有生命危險嗎？」

預言師無奈地笑：「總統大人，接下來我說的話你可能不相信，也許我會因為叛亂罪而被判刑，但我還是要說出來。你的兒子不會有危險，但最危險的是他本身。」

「你到底夢到了什麼？」。

「烏雲罩頂，雷聲不斷，一個叫奇諾斯的少年，騎著一條邪惡黑龍，率領魔物大軍，包圍總統大樓。」

預言師的一字一句，都撼動著凱特雷的內心。他並沒有質疑預知夢的準確性，因為兒子的名字是他取的，但仍未公諸於世，只有他跟妻子兩人知道，按道理預言師不可能說出奇諾斯這個名字。

兩小時後，凱特雷的孩子出生了。

母子平安，是對雙胞胎。

「八桶炸雞，六瓶大可樂……對了！我還想要巧克力奶昔，謝謝。」奇諾斯將錢包內的鈔票全都拿出來放在櫃檯：「請問這些錢足夠嗎？」

「呃……啊，夠了！但……點這麼多，你要開派對嗎？」店員詢問。

「嗯。」奇諾斯將沒鈔票的錢包順手丟在垃圾桶內。

十分鐘後，奇諾斯點的食物就堆得像山那麼高。

「你一個人拿得動嗎？奶昔很快就會溶……」

「放心，我就住附近。」奇諾斯雙手捧著滿滿的食物，像耍雜技一樣搖搖晃晃地離開快餐店。

門關上後，他的身影就消失得無影無蹤，店員看得嘖嘖稱奇，那明明是一道半透明的門啊，難道見鬼了？

店員低頭檢查著貨真價實的鈔票，興味盎然地拿出手機跟朋友分享剛才發生的怪事。

眨眼間，奇諾斯出現在副本內，他將快餐店的門變成副本的門。

「我回來了～」他將食物放下後大聲叫喚。

接著，大群魔物就像狗狗看到主人回家一樣興奮地從各處衝出來。哥布林大口啃著炸雞，把吃剩的骨頭扔給骷髏怪品嚐，史萊姆蠕動身體將奶昔吸食進體內，半透明的身體變成巧克力顏色，又漸漸轉回清澈的半透明。

「哈哈，別客氣，盡情吃吧，反正是那個獵人的錢。」奇諾斯也跟其他魔物圍坐起來，仰頸便將薯條灌進口裡。

吃飽了，奇諾斯摸著撐起的肚皮，跟其他魔物一同躺在副本的地板上。奇諾斯把雙手枕在後腦，轉了幾個睡姿，把當作枕頭的石塊調整幾次高度，看向黑漆漆的副本頂部……

比起仰望星空，沉實的石洞略嫌沒有格調，聽說有些副本是荒廢的城堡，或是原始的叢林，有機會倒真的要去拜訪一下，說不定能跟有趣的魔物交朋友。

他已忘記躺在高床軟枕上的感覺是怎樣，畢竟他三歲就被父母拋棄了。從那天起，晚上就沒有父母講床前故事，也沒人哼唱搖籃曲哄他入睡，只有魔物們奇怪的鼻鼾聲陪伴左右。

「你是人類！為什麼要幫助魔物？」文俊的喝斥在腦中響起。

奇諾斯用小指挖挖耳孔，將這煩人的噪音摳掉。

對他來說，自己的身分根本不重要，這些年來遇過太多比魔物更汙穢的人類，相反，魔物都是他的家人。誰傷害他的家人，必定十倍奉還。

下次如果有獵人進來，就把他們的枕頭搶過來吧！嗯嗯……

不過，哪有獵人會帶著枕頭去副本呢？

想著想著，奇諾斯便進入夢鄉。

★★★

前幾天，異界管理局個案處理中心，因為一個名叫「文俊」的獵人舉報電話內容異常，接線員嘗試回電，文俊卻死口不認自己有舉報過，更晦氣地駁斥：「我說沒有就沒有！你要告我就隨便，反正我也不打算繼續做獵人了！」

這古怪的來電依循程序匯報去更上層，本來被視為惡作劇電話處理，但……從來沒人會拿獵人執照惡作劇。正如沒人會拿博士畢業證書、醫生執照、律師牌照去惡作劇一樣。

瘋狗剛好在上層看到檔案，猶如野獸般敏銳的直覺告訴他事有蹊蹺，所以決定親自

處理。

瘋狗雙手插在口袋，一腳把門踹開，眼前這辦公室坐了五十多人，負責接收所有有關「門」的通報訊息。

環視四周一眼，腦海彈出工整有序、守規矩、公式化、行政……這些令瘋狗作嘔的詞彙。

漠視眼前狹窄的廊道，直接跳上面前的辦公桌，咚咚咚彈跳到其中一個接線生前面。

幾張被當成跳板的辦公桌印上又髒又巨大的腳印，但沒人敢吭氣，不敢做表情，也不敢拿紙巾去抹乾淨，怕觸動瘋狗的神經，只好無視腳印繼續工作。

你沒看錯，是腳印不是鞋印，因為瘋狗從來不穿鞋子。沒有別的原因，鞋子的作用是保護腳踝，「保護」這個詞瘋狗覺得不爽，他從來不需要保護，加上赤腳對他的能力發動時更方便。

「喂，給我聽那個錄音。」瘋狗把面前的接線員當狗呼喝。

在野獸面前沒人會拒絕當乖乖的小狗，接線員拚命抑制著渾身顫慄，找回當時的錄音檔案，當他接下播放鍵，因恐懼而冒出的冷汗已沾濕整個背脊。

「請問是異界管理局嗎？我想通報『門』的位置。對對對，我還懷疑有人類協助

魔物殘殺獵人！」

「請你們馬上派人來！地點是…………」接著錄音只剩下無意義的白噪音。

「唔？沒有了嗎？」瘋狗問。

「嗯，通話就到這裡中斷了……」接線員抹一把額上汨汨流下的冷汗，全因管理局每個人都聽過瘋狗的傳聞。

只要消滅所有副本內的魔物，副本就會消失。

所以瘋狗會盡可能減慢殺死魔物的過程。

瘋狗在成為獵人前，曾犯下多宗嚴重傷害他人罪，更有虐待動物的癖好。

每次進入副本，瘋狗都會帶幾個有治癒能力的獵人隨行，好讓他可以保住魔物的性命，然後盡情折磨，更有傳聞他會把魔物吃掉……

一言蔽之，瘋狗比魔物更加魔物。

「把這個獵人的檔案交給我。」瘋狗用他像妖怪利爪般的手輕輕搭著接線員的肩膀，那接線員雙腿一緊，表情扭曲，褲管出現黃黃的液體滴落……

「……根據資料，這獵人自從那晚通報電話後便沒有出現在任何副本，電話也關上了。」

「沒關係，我的鼻子會把他找出來。」瘋狗甩身離去。

★★★

炳記肉店在早上生意不怎麼樣。

肉店在凌晨依然會營業，不是因為肉未賣光，而是店內在做其他交易。

黑市買賣。

「這個可以賣多少？」文俊把兜帽拉低，遞上他的獵人證。

「Ｄ級……滿街都是啊……不值錢。」店員看了一眼即說。

「沒所謂，這些東西也一併賣掉吧。」文俊又把他的鐵拳套放在櫃檯上。

「廢鐵不值錢啊。」店員嘆一口氣，這種喪家犬他見多了。

此時，有人推開肉店店門，店內的氣氛瞬間轉換，店員一眼就認出此人，是異界管理局有名的瘋子。

「瘋、瘋狗哥，有有有什麼需要的嗎？」店員磨擦雙掌，擺出他最友善的待客之道。

「我需要借用這個人。」瘋狗指向文俊。

「隨便拿去！」店員雙手奉上。

瘋狗一手將文俊整個人揪起，像丟垃圾般扔出店外。

整個肉店店面被撞碎，文俊躺在一片碎玻璃中，瘋狗走出肉店，一腳踩住文俊的手，他被玻璃碎片刺得呱呱叫。

「你通報的那道門，不是惡作劇吧？」瘋狗居高臨下地問。

「咦……？」

「那個副本在哪？」

文俊本來以為是管理局拘捕他私賣獵人證，如今頭頂的烏雲一下子被吹散：「我可以帶你去！副本內有一個人類，他會…………」

「噓！」

文俊說到一半被打斷了。

「先說出來就不好玩了。」瘋狗咧起尖銳的獸齒。

接著，瘋狗又走進店內，取回文俊的獵人證丟給他：「獵人證在黑市買賣活躍，因為它有很多功能。」

「對我來說沒用啊……」文俊嗤了一聲。

「只要有合理理由，獵人殺人也無罪。但相對，獵人有很多煩人的規條要遵守，例如，獵人不可以向獵人出手。」

說畢，瘋狗釋出殺氣，周圍的空氣扭曲，文俊雙腿一軟，幾乎跪在地上渾身發抖，一副被大雨淋濕的狗臉，讓瘋狗內心泛起殺意。

他討厭弱者，更討厭甘於示弱的人。

瘋狗深呼吸一口氣，抑制著沸騰的殺意，要不是管理局緊盯著他的一舉一動，他早就將文俊撕成八塊。

瘋狗在成為獵人之前，是個殺人不眨眼的傭兵，因為某個原因被迫加入管理局後，只好聽從命令行事，當個乖乖的獵人，把他的瘋狂留在副本內發洩。

「所以，獵人證就像弱者的護身符一樣，至少在被秩序束縛的社會上，能防止獵人們互相殘殺，你說是吧？」瘋狗傲慢地說。

文俊理解瘋狗的意思，拚命點頭。

瘋狗滿意地將獵人證放回文俊口袋內：「好了，我們出發吧。」

★★★

清潔副本是奇諾斯每日的工作，他絕不容許有人弄髒他的房間。

「說過很多次了，地方要打掃乾淨，不然大家會生病！還有你啊哥布林小弟，不要隨處大便！」

奇諾斯提起腳，向哥布林展示腳底踩到的大便：「看啊！這是你們幹的好事吧？」

「嘰嘰……」十幾隻哥布林低著頭一臉懊悔。

「要是你下次敢再犯的話，嘿嘿……」奇諾斯脫掉沾滿糞便的鞋子套在手上：「看我的大便鐵拳！」

「嘰嘰嘰！」哥布林們慌忙逃跑。

「不准逃！快來幫我抓出真兇！」

一番走避後，最弱小的哥布林被一左一右夾著胳臂拽到奇諾斯面前，哥布林這種生物就是有出賣同伴的基因。

「原來是你啊？」

「嘰～」哥布林用力搖頭，在旁邊看戲的哥布林發出奸詐的笑聲。

「你們負責把地方打掃乾淨，我去買晚餐。」奇諾斯只這樣說。

聽到有吃的其他魔物都馬上聚攏在一起，只有哥布林仍扭打成一團。

奇諾斯走到副本的門前，轉個身跟魔物們說：「嘿嘿，為了懲罰你們，今晚吃蔬菜大餐！」

魔物們發出哀鳴，哥布林更是抱頭痛哭，彷彿比吃到屎更慘。

奇諾斯賊笑著離開，他能移動「門」到現實世界任意位置，帶食物回來大概只需五分鐘。

然而，意外還是發生了。在他離開後不久，「咔塔」一聲，副本的門被打開了。所有正在玩鬧的魔物都停住動作，互通一下眼色，紛紛跳進預先挖好的地道，這些地道四通八達，能直通副本各處。

魔物們毫不擔心獵人來襲，因為奇諾斯已跟牠們演習過無數次，只要照著他的計劃，進來的獵人就必死無疑⋯⋯⋯

「咔！」

瘋狗踢到入口不遠處的一顆小石子，觸動機關，幾枝毒箭從地面彈出。他連視線都沒移開便側身避開。再走幾步，瘋狗踏上一塊凹陷的地板，又有一塊巨石從天而降！

那是一塊像巴士般碩大的岩石，一般獵人完全來不及反應避開，此機關專門為那些組隊進入副本的獵人而設，之前文俊幸運地避開這個機關，經過改良後觸發率大大提升。

簡而言之，巨石砸下去團滅率高達87%！

不過，瘋狗依然連看也沒看一眼，仍在東張西望，就在被巨石壓扁的前一刻，才輕輕舉起單拳，轟隆一聲爆響，巨石赫然化成碎石，從瘋狗的周圍如雨水般落下，揚起無數灰塵。
躲在暗處的魔物們並沒有被瘋狗強大的力量震懾，因為牠們絕對信任奇諾斯。一隻躲在石後的哥布林以灰塵作掩護，握著匕首從瘋狗背後進行偷襲。
然而，匕首仍未刺出，瘋狗的動作更快一步，以詭異的角度扭腰轉到背後，一手捏住哥布林的脖子。
「小畜生，你很狡猾呢，是誰教你的？」
哥布林揮舞匕首想要反擊。
「唔～真臭。」瘋狗用手指彈開哥布林手上的匕首，湊近端詳這隻哥布林，牠不僅臉上沾有大便，還穿上人類的衣服。
失去武器的哥布林沒法掙脫，出於野性本能張口咬住瘋狗的手。
登時血湧如泉，但瘋狗完全沒有鬆手，還興味盎然地說：「你這叫咬人？」
瘋狗一手按住哥布林的後腦，被咬住的手往內推壓，硬生生將手塞進哥布林的嘴巴內：「咬啊！用力咬下去，哈哈哈哈哈！怎麼不咬？」
「學不懂嗎？讓我教你怎樣才是咬人！」
言畢，瘋狗張開嘴巴，用那對宛如鯊魚般的利齒一口咬在哥布林的肩膀上。
「嘰嘰！嘰！嘰！嘰！嘰！」哥布林痛得發出淒厲慘叫，完全失去反抗能力，只剩下無意識的抽搐。

瘋狗發出興奮的高亢笑聲，像狗一樣甩動口中的獵物。

此時，一直在副本其他陷阱守候的史萊姆再也按捺不住，帶著劇毒像炮彈般射向瘋狗。

數十隻史萊姆緊緊包裹住瘋狗整個身體。

「我的身體早就訓練得不怕劇毒了，聽說史萊姆這種液態的魔物可以溶解固體，但對氣體卻完全沒轍，氣泡會殘留在體內沒法分解，過多氣泡還會把你們的身體組織崩解。」

瘋狗將口中的哥布林甩在地上，隨意抓起一隻史萊姆，像要對牠人工呼吸般大力往牠的嘴巴呼氣，無數細小的氣泡灌進史萊姆體內，使牠在地上痛苦地滾動，想將氣泡弄出來。

「哈哈，你們這些低等魔物休想傷我分毫，知道我是誰嗎？我是管理局行動組的瘋狗啊！」

突然，瘋狗感覺到腳邊的地面震動了一下。

低頭一看，那隻垂死的哥布林不見了，循著地上的血跡放眼望去，牠被放在高處的岩石上。

同一時間，瘋狗感覺到一陣強烈的視線從背後投射在他身上。

回頭一看，一名少年兩手拿著漢堡快餐店的紙袋，站在副本的門前。此人，自然是把食物帶回來的奇諾斯。

他很疼魔物們，買了牠們最喜歡吃的漢堡。

「是你欺負我朋友嗎？」奇諾斯冷冷開口，語調不帶半點溫度。

他的眼神，則比冰塊還要更冷。

「…………」瘋狗訝異，剛才他完全察覺不到有人接近，他是如何搬走那隻哥布林再返回副本的門？

「我明明在說人類的語言啊，是你欺負我的朋友嗎？」奇諾斯再問一次，眨眼間，他雙手的漢堡消失了。

他是如何做到的？瘋狗使用技能【透視】去偵測奇諾斯。此技能可以探知對方擁有的技能。

下一瞬間，幾個他從未見過的技能展示眼前：

【召喚】。

【使役】。

【馴化】。

【造物主】。

【垂直天秤】。

正所謂知己知彼，百戰百勝。但瘋狗從未見過眼前奇諾斯所擁有的技能，只有【召喚】和【馴化】兩個技能，在某些利用野獸當使役魔的獵人身上看過。

可是，這兩個技能都沒法解釋剛才奇怪的現象。

就在他正默默思索眼前的狀況，突然眼角餘光瞥見地面有東西高速彈出，瘋狗本能反應往後躍開，但仍被輕輕擦到下巴。使他眼冒星斗，幾乎失去平衡。

瘋狗穩住腳步，使勁甩一甩頭，定睛一看，眼前是一塊從地面竄起的石柱，剛才就像是一記上勾重拳。

與其說是機關，倒不如說是地面有生命般地給他一拳重擊，真是難以理解，而遠處的奇諾斯依舊站在原地，沒有半點動作。

「小把戲。」瘋狗嗤之以鼻。

「可是很有效呢，我能聽到你的呼吸紊亂，嗅到畏懼的汗味，還感受到你渾身像小狗般顫抖呢。」

「你說我怕？」瘋狗暴怒得連頭髮都豎起來。

此時，他察覺到奇諾斯注視著手上拿著的一張證件。

「原來你是管理局的人呢。」奇諾斯說。是瘋狗的獵人證，不是何時從他身上偷走了。

「瘋狗瘋狗……哈，我還以為你是『十二獸』呢，原來只是無名小卒。」奇諾斯揶揄道。

十二獸，是異界管理局由總統直接管理的特別隊友，擁有最強大實力的十二名頂級獵人。

得悉對方來自異界管理局，奇諾斯的眼神變得凌厲、殺氣暴發，彷彿被開啟了殺人的開關，整個副本都在微微震動。

「啊啊啊啊啊！我要咬破你的喉嚨，吸乾你的血，把你吃掉！」瘋狗像被戳到痛處，狂怒大叫。

「我沒批准你進入我的副本，你不是客人，是闖入者。」奇諾斯突然說了奇怪的話。

瘋狗沒有回答，他全身肌肉緊繃，再放鬆。「咔勒」一聲，胳臂骨骼產生異變，盤根錯節包裹全身的肌肉蠕動起來。

眨眼間，瘋狗的手臂竟比之前長了數十公分，他自然地以四肢抓緊地面，弓起背脊，同時將五感敏銳度推到最高，全神貫注進入作戰狀態。

「你會付出代價……」瘋狗在技能【獸化】催動下，身體構造異變，張開嘴巴，原本的牙齒外圍竟長出幾層妖怪般的尖牙。

「這句話是我說才對。」

奇諾斯的身影消失，下一瞬間已出現在瘋狗面前。跟之前不一樣，瘋狗已放棄無謂的思考，全靠野獸的本能戰鬥。

奇諾斯揮拳，瘋狗側身翻騰避開後，以鞭一般的腳踢還擊。

奇諾斯以雙臂交叉格擋，但此擊威力太強，將他強行撞飛到十多米遠。

「嘿嘿。」瘋狗感覺到剛才一擊結實地擊中了，他以舌尖舔舐牙齒，本來還期待看到奇諾斯雙臂被踢斷，骨頭刺穿皮膚露出的慘叫畫面。

然而，期望落空。

奇諾斯手臂絲毫無損，他神色自若地拍拍沾在上面的泥土。

「條件滿足了，謝謝。」奇諾斯冷冷地說出這句話，並發動技能【垂直天秤】。

剎那間，瘋狗感受到周圍的氣氛變得截然不同，就像恐怖電影的主角走進鬼屋，周圍景色突然變暗，氣溫驟降。

下一秒，發生在瘋狗身上的一切，只能以四個字去形容。

眼花撩亂！

這副本原本只是個普通的巨型山洞，但四周的石塊竟像活過來一樣，從四面八方朝瘋狗瘋狂射擊，地面不斷冒出像剛才的石柱。

彷彿所有設置的陷阱，都在同一時間發動。瘋狗根本不可能避開，只能咬著牙硬擋。

技能【造物主】可以隨意改造副本內的結構與布置。

雖然這般雕蟲小技不能擊敗瘋狗，但他仍被四周的陷阱打得節節後退。令他感到訝異的是，身體不像以往般敏銳，沉甸甸的，還像宿醉一樣使不上勁。

奇諾斯展開雙臂，突然，瘋狗雙腳懸空，低頭一看，平穩的地面竟裂出一條巨型裂縫，瘋狗失去支撐點、掉進深不見底的裂縫內。

在技能【獸化】的加持下，瘋狗擁有異於常人的運動力，腳用力一踢，便沿裂痕的兩邊石壁彈跳上來。

但他還沒跳回地面……

「吃掉！」奇諾斯雙掌一拍，裂縫竟像嘴巴闔上一樣，將瘋狗半身咬住。

「抓到你了。」奇諾斯已出現在瘋狗面前，一腳重重踹在他的臉上，鼻血噴濺。

再踹一腳、再一腳、再來！奇諾斯狂暴地瞄準瘋狗的頭猛踩。

瘋狗大喝一聲，奮力將埋在地下的手臂拔出，勉強才擋住踢擊。

「擋？」奇諾斯發動技能【使役】，後退兩步。

一臉狼狽的瘋狗終於有一口氣喘息，正當他卯足勁從泥土中掙脫而出時，突然一陣喧囂聲宛如潮水般湧來，令他僵住動作。

很吵啊？

瘋狗左顧右盼警戒著。

半晌，他看到在幽暗的副本內，各處都冒出一雙雙發光的瞳孔在俯視著他。

「嘰嘰～～」、「喀喀喀喀喀喀！」

埋伏在角落的魔物雙眼綻放出紅光，傾巢而出發狂衝向瘋狗。

此時，瘋狗整個人已從泥土中脫出，穩住架勢：「你覺得這些小怪能傷到我嗎？看我把牠們全都殺光，到時候……」

話未說完，瘋狗中了骷髏怪的一記勾拳，牙齒被打斷。

「？」怎麼可能被打中？太大意了嗎？瘋狗仍在愣神之際，又一隻哥布林飛身撞向他的下陰。

這次一定要認真避開，瘋狗看準來勢，想要跳起避過這低俗的一擊。

然而……

下半身傳來一陣扭絞的劇痛，瘋狗滿腦子不解，摀住下體跪了下來。

「之前你在探視我的技能對吧？【垂直天秤】只能對副本的闖入者使用，若闖入者攻擊副本主人，便滿足了技能發動條件。技能發動後，闖入者會根據對副本造成的傷害，無下限地受到詛咒。相反，副本主人則無上限增強。」奇諾斯解說。

「副、副本主人？」瘋狗滿腹疑惑。

「你嚴重傷害副本中的魔物，向我發動攻擊。順帶一提，我的技能【使役】不單能控制魔物，還能把我從【垂直天秤】獲得的能量，加持到牠們身上。」

「……」瘋狗不懂，他從未聽過有這麼古怪的技能。

「所以，你等著被毆打吧。」

瘋狗屬於B級獵人，若不是他在副本內多次對隊友施以暴力行為而被管理局拘捕，以他的實力早就升上A級獵人了。

「我就是忍受不了弱者跟我呼吸一樣的空氣。」這也是瘋狗每次都單槍匹馬進入副本的原因。

然而……現在到底是怎麼回事？

瘋狗竟雙手抱著頭，瑟縮在地上，被十多隻哥布林瘋狂蹂躪，每次他發難還擊，攻擊卻遭輕易化解，三兩下就再度趴倒在地，然後繼續被毆。

「嘰嘰嘰！」哥布林發出嘲諷的笑聲，重創瘋狗的自尊。

「不可能不可能不可能！啊啊啊！」瘋狗解除【獸化】技能後，替自己換上【狂化】。

眨眼間，他全身皮膚都變成火焰般的紅色，還散發出滾燙的蒸氣，本來騎在他頸後的哥布林，就像觸碰到燒紅的熱鍋般「滋」一聲，燙得牠連忙跳開。

魔物紛紛退後，瘋狗緩緩站起，像從熔岩爬出來的魔獸般齜牙裂嘴，嘴角洩出焦煙。

【狂化】能將使用者的潛能催動至極限，副作用是使用時間只有五分鐘，否則沸騰的血液會將內臟煮熟。

瘋狗為了延長技能效果，早就準備恢復藥水，能抵消對自身的傷害。他伸手進掛在腰間的道具布袋內掏出藥水。

布袋被施放了扭曲空間的技能，一個手掌般大的布袋內，空間就跟行李箱一樣。

瘋狗仰頸喝下藥水，甜膩充滿氣泡的液體流進乾涸的喉嚨內……

甜？瘋狗眉頭一皺，定睛一看手上拿著的竟是快餐店的大瓶可樂。

「哎，抱歉忘了告訴你，我把恢復藥水拿給哥布林療傷，想說用可樂跟你交換應該沒問題吧？」奇諾斯笑了。

再一次被愚弄，瘋狗怒不可遏，從布袋中掏出一把有鋸齒的大刀。

足足有兩米長的大刀，在【狂化】技能協助下，瘋狗單手便能揮灑自如。

如果奇諾斯的古怪技能【垂直天秤】加持效果正分配在其他魔物身上，那麼現在的他應該是最弱的才對！

瘋狗看準時機，奮力跺地，身影化成一抹火紅色的光，撞開所有攔路的魔物們，像炮彈般衝向奇諾斯。

一瞬間，已來到奇諾斯的面前，而對方仍未有任何防禦動作。瘋狗扭動全身的肌肉，將大刀像皮鞭一樣甩出！

「轟！」

地面受不住強大的衝擊力而破裂，裂縫往四面八方延伸。然而，大刀卻硬生生地停在半空……

沒有瘋狗預期的血花四濺，也沒有斬出個鬼哭神號。

奇諾斯宛如石像般文風不動站在原地，舉起單手用兩指夾住大刀。瘋狗雙手緊握劍柄，用盡全身力量像勇者揪出石中劍一樣，想把大刀奪回來。

可惜，瘋狗顯然不是當勇者的材料……

瘋狗催動著技能【狂化】，用力咬得牙關出血，全身筋脈鼓脹得快要爆開，但大刀依舊被牢牢吸住。

「這武器跟你很匹配呢。」奇諾斯反手一甩。

瘋狗被一股強大的力量摔在地上，他仍未意會到剛才發生的事，只見大刀在半空中旋轉，突然，不知從哪裡傳出泉水噴濺的聲響。

又是什麼把戲？瘋狗東張西望，卻發現噴泉的聲響來自他的肩膀。

「鏘」的一聲，大刀掉落在地上，一條斷臂仍握住劍柄，原來剛才他的手臂被硬生生扯了出來。

就在瘋狗方寸大亂之際，突然背後一涼，他回頭一看，一隻哥布林拿著匕首刺進他的背。

是之前被他咬斷肩膀的哥布林，牠已喝下偷來的恢復藥水，肩上只剩下淡淡的咬痕。瘋狗又看看自己的斷臂，他頓時明白，奇諾斯扯斷他的手臂，是要替魔物以牙還牙。

「小心唷，剛才我沒有把【垂直天秤】的力量召回我身上，現在的牠們也是很強的。」奇諾斯說。

「怎、怎麼可能……」瘋狗戰意全失，技能【狂化】解除，眼前的奇諾斯實在強大得不像人類，但他也不是魔族。那麼，唯一的可能是……

魔王！

下一秒，兩眼通紅的魔物再次從各處冒出，像一群斑鬣狗盯上受傷的獵物般撲向瘋狗。

而這次，他已無力反抗……

瀕臨失去意識前，瘋狗死盯著奇諾斯說：「你以為殺死我很了不起嗎？嘿嘿……沒錯，在獵人的世界我只是個無名小卒。但你殺了管理局的獵人，就不可能繼續安然躲在這狗窩了，你會被通緝，所有獵人會蜂擁而來，還有你剛才說的『十二獸』，很快你就有機會跟他們見面了。嘿嘿……到時候，你跟那些魔物朋友，就會……」

話才說到一半，就被硬生生中斷了，一把匕首從他的喉嚨冒出。

「到時候再算吧。」奇諾斯使用【使役】命令魔物們給瘋狗最後一擊。

副本恢復平靜，奇諾斯再使用【造物主】修復副本因打鬥造成的坑洞，將陷阱移回原位，等待下一個幸運兒。

魔物也沒閒著，牠們不會埋葬瘋狗的屍體，也不會念經超渡，比起炸雞漢堡，魔物更喜歡把闖入者吃得乾乾淨淨。

★★★

女廁傳出沖水聲，門打開，文俊以為瘋狗已將副本清除完畢，回頭一看，卻只瞧見一道冷冽目光，透過隨晚風飄揚的銀髮直盯著他。

「不關我的事！是他們威脅我講的啦！」文俊拔足逃跑，離開公園後更衝出馬路，一輛迎面駛來的汽車緊急煞車，後面的汽車來不及反應，轉換方向切入旁邊的車道，撞上人行道的燈柱，交通亂成一團，地面因多輛汽車煞停而散發著焦臭的橡膠味

文俊沒有停下腳步，不顧一切地在馬路狂奔。驀地，他聽到腳步聲緊貼到他背後。

「嗚～放過我！」文俊雙手抱頭跑上人行道，不斷撞開人群，跑到腿快斷掉也沒想過要停下來。

終於，他看到異界管理局的報案中心。

「有救了……」文俊喘著氣開門衝進去。

然而，眼前出現的並不是救星，而是……死神，他竟跑進副本了！

「你真笨，我可以控制『門』的位置，忘了嗎？」說話的人當然是奇諾斯。接著他吹響一聲口哨：「開飯了。」

這晚，魔物們撐著鼓脹的肚皮呼呼入睡，哥布林把肉啃乾淨，內臟讓史萊姆慢慢消化，吃剩的骨頭給骷髏怪強化骨骼。

奇諾斯卻輾轉反側難以入眠，不是因為地板太硬，而是瘋狗臨死前的那番話。

要是所有獵人都湧進來，恐怕他再也沒辦法保護魔物們。

看來要想個辦法增強實力才行呢。

第三章

異界管理局的作戰指揮中心，正準備對一個副本進行攻堅任務。

數十個情報員並列坐在電腦前，整合各種不同的數據，一個巨大螢幕在房間的前方，顯示著街上的攝錄鏡頭，副本內的生命指數，以及每個爆破組成員頭上的鏡頭。

特種部隊負責對付恐怖分子，這次攻堅對象是充滿魔物的副本，爆破組當然要找經驗十足的獵人。

「爆破組準備好了嗎？」

「報告，目標副本已被我們包圍，公園的出入口及附近的街道都被封鎖了。」

「狙擊手呢？」

「已就位，目標人士逃出時會馬上開槍。」

「根據情報指出，除了魔物還有人類藏匿在副本內，目標人物以襲擊獵人及搶奪獵人們的財產維生！你們的首要任務是救出我們行動組的獵人『瘋狗』，然後拘捕目標人物！」

「知道，爆破已準備完成。等待指示後進行攻堅！」

此時，一個戴眼鏡的年輕男子走進指揮中心，他走到這次攻堅任務的總指揮旁。

「統帥！你……你怎麼大駕光臨了？」總指揮向眼鏡男子九十度鞠躬敬禮。

「喔，沒什麼，我剛好經過，聽說瘋狗的靈壓消失了，所以我來看一下。」眼鏡男子吐出動漫作品的招牌台詞。

「呃……咦……？」總指揮完全聽不懂，又不敢詢問，只好低聲問他旁邊的情報員：「有、有沒有關於靈壓的情報。」

眼鏡男子是個動漫迷與電影迷，常把動漫或電影的對白掛在口邊，跟他一身優雅散發出貴族氣息的形象毫不配襯。

「請問，可以進攻嗎？」

但讓眾人對他畢恭畢敬的原因，是因為他是總統的長子。名叫卡司莫斯。

總指揮偷瞄一眼卡司莫斯，眼鏡下深邃的目光凝視著螢幕。他不明白為何貴為總統的兒子，會如此重視這次救援行動。

「進攻！」總指揮下令。

螢幕顯示，十多個爆破組衝進一個公園的女廁內，並用爆破鎚將最後一格廁所門撞開。

「啊啊啊啊啊啊！」

廁所內，有一個正在如廁的大嬸。

「副本消失了，報告！副本消失了！」

「……明白了，作戰行動終止，所有人先回來吧。呃……還有，跟那位大嬸道個歉吧。」總指揮差點說不出話。

「哈哈哈，真有趣的行動呢。」卡司莫斯開懷大笑。

總指揮惱羞成怒，揪起情報員的頸領：「給我解釋清楚！」

「正常來說，除非副本內的魔物完全消失，否則『門』不會消失……但不用擔心，我們有派獵人在瘋狗身上附加定位技能，就算他被殺死，我們也能追蹤到他的位置。」

「白痴！這種事應該在行動前確認一次啊！現在馬上給我把瘋狗的位置找出來！」總指揮大吼。

★★★

人類是被時間束縛的生物。當太陽徐徐升起便要起床工作，當天空掛上深藍色夜幕便回家休息，準備迎接新的一天。

魔物就幸福多了，副本內沒有晝夜之分，累了就睡，餓了就吃，睡飽就起床。這還不算自由嗎？

可是，自從「門」隨機出現在世界各地後，雖然副本內布滿窮凶極惡的魔物，但牠們從沒離開過副本。這樣算是自由嗎？

「為什麼你們不離開副本？出去攻打人類不是比守株待兔更好嗎？」奇諾斯吃著火腿蛋三明治當早餐。

「咕嚕咕嚕。」史萊姆解釋，從有意識以來，本能就告訴牠們不能離開副本，至於為什麼，牠們也不清楚，大概就像鳥類不會一直待在地面上行走一樣吧。

「嘰～嘰嘰？」哥布林歪頭露出疑惑的表情，牠們不討厭人類，攻打人類對牠們也沒任何好處。

魔物就像昆蟲、飛鳥、野獸……牠們有著階級分明的生態系統，羚羊不會挑釁獅子，昆蟲沒想過反攻雀鳥，大概只有人類才整天想著要稱霸全球成為萬物之靈。

再加上，殺死魔物就能獲取最潔淨的能源，所以人們樂見副本不斷出現，魔物們就像上帝賜給人類的禮物一樣。某些獵人更稱魔物為「移動石油」。

「喀喀！」骷髏怪把漢堡嚼爛讓史萊姆吃掉，牠又補充雖然獵人很好吃，但漢堡更好吃。

「嘰嘰喳喳～」一隻哥布林摸著下巴傻笑，牠的腦海幻想著奴役人類日夜不停製作漢堡的美好世界。

順帶一提，魔物們的早餐是漢堡跟烤雞，對牠們來說一天三餐吃漢堡都沒問題。

「嗯嗯，其實我也不討厭人類，我只憎恨異界管理局，還有那個把我丟棄的人……」奇諾斯吃完早餐後，便站起來舒展筋骨。

「喂，不如我們來搬家吧？」奇諾斯說。

魔物們全都露出困惑的表情，牠們從出生到現在一直都住在這個副本內。

「我們去找一個更有趣的副本，可能是城堡，也可能是荒廢的學校。那裡或許可以認識更多新朋友，要是大家團結起來，就不怕獵人攻進來了不是嗎？」

「……」魔物們面面相覷，似乎還不明白奇諾斯的用意。

「更大的副本！有更多的魔物！吸引更多獵人進來！搶他們的錢後，就能買到很多很多漢堡！」

一秒後，全員贊成搬家。

奇諾斯除了可以隨意移動「門」，也能移動副本，為了避免大量獵人入侵，他才把副本的門搬到公園的女廁。所以就算殺死瘋狗引起管理局的注意，也很難找到奇諾斯身處的副本，只需要轉移到其他地方就行了。

而奇諾斯這次的計劃是找一個適合的新副本，然後將它們融合，建造一個更大型的副本。

「歡迎光臨，先生有什麼可以幫忙嗎？」

奇諾斯已將副本轉移到其他安全的地方，他拿著瘋狗的錢包來到獵人裝備店。看著琳瑯滿目的商品，奇諾斯就像逛玩具店的小孩般雙眼綻放出光芒。

「我想要二十支恢復藥水、二十支毒液、小孩用的短劍、輕盔甲……這些錢夠嗎？」奇諾斯將錢包內的東西全倒出來。

「喔喔？這是獵人專用的信用卡，那我想應該足夠了。」店員回應。

除了購買魔物們的裝備，奇諾斯還買了一把外形奇特，附帶「出血效果」的匕首，刷爆別人的卡，就是爽！

「呵呵，不如看看那邊的魔法書與技能書吧，只要買回來，就能使用不同的魔法和技能。」店員賣力推銷：「不過這些商品價格比較高，但只要你出示獵人證，本店就能讓客人分期付款。」

「獵人證？」奇諾斯眉毛一挑。

「對，客人你有獵人信用卡，當然會有獵人證吧，呵呵，是忘了帶嗎？」

如果出示瘋狗的獵人證，就會暴露身分了。

晶。

「對了阿姨，這是什麼？」奇諾斯只好轉移話題，指向櫥窗迸發出藍色弧光的水晶。

「叫姊姊好嗎……」店員強擠出笑容，從櫥窗拿出水晶後放在櫃檯上：「這是我們最新型的產品，你有聽過水晶魔像這種魔物吧？獵人發現這些魔像能吸收並儲存不同屬性的能量，所以我們用高伏特的電流灌進牠們體內，讓牠們體內儲存大量電流，最後承受不住電擊死亡，我們就得到這些能釋放強力電流的水晶了……」

店員還沒講完就止住了，她發現自己全身都因恐懼而顫抖，牙關喀喀作響沒法說出完整句子。

因為她發現，眼前的客人正對她散發出強烈的殺意。

「阿姨，妳怎麼可以用介紹新型號手機的語氣，去講解如何虐殺一隻魔物？」奇諾斯咬牙切齒。

「對、對不起，我以為……獵人都喜歡……這種東西……」店員雙腳一軟，雙手扶著櫃檯才勉強站穩住腳。

「除了水晶之外，你們還有其他用魔物製作的產品嗎？」奇諾斯話題一轉。

「這、這個……哈哈，當然有！」聽到這句店員就精神抖擻雙眼發亮，「銷售員之魂」在瞬間燃燒起來：「除了你手上拿著的出血匕首，是用殭屍王的牙製作而成的。更不得不提我們鎮店之寶『黑龍披風』，不僅擁有絕佳的防禦力，將它內外反轉便能在夜色中隱藏身影，出團打寶必備佳品！還能做兩年免息分期付款！」

「全都給我打包，用這張信用卡付清。」

介紹完畢後，店員豎起大拇指：「用魔物製作的產品品質最佳！其實就跟客人你吃豬、牛、雞肉一樣啊～對不對！」

店員心情愉悅地拿著瘋狗的信用卡刷啊刷，這個月業績一定達標了。信用卡機顯示付款完成後，轉個頭竟看到奇諾斯正轉身離開裝備店。

「咦？客人？你的信用卡……」

「我不要了，送妳。」

奇諾斯打開裝備店的門，直接回到副本，將買來的裝備分配給魔物。骷髏怪穿上盔甲後就不再容易被揍散，史萊姆也能附帶毒屬性，而哥布林為了爭奪一模一樣的短劍打成一團。

奇諾斯的腦海不斷回放著店員的話，內心戚戚然。一方面看到魔物被殘忍殺害製成武器而怒不可遏，另一方面卻每天吃著漢堡，還殺死闖進副本的獵人，奪去他身上的財物和裝備。

這樣的自己，還有資格去指責獵人嗎？

此時，其中一隻被揍得滿臉都是傷的哥布林走到奇諾斯身邊，指指他新買的出血匕首：「嘰？」

「不，這不能給你，這是我的。」奇諾斯說。

「嗟嗟！」哥布林鼻孔噴氣，交叉雙手不忿離開。

每樣物種都有牠的習性，而物種的每個個體又有牠的個性。或許，這也是奇諾斯作為人類的最佳證明，人類本來就是說一套做一套的佼佼者。

「沒錯，再去想也沒意思，我又不是哲學家，就一邊吃漢堡一邊殺獵人吧。」奇諾斯決定不再自找煩惱。

分配好裝備後，他便走到副本最深處，再以【造物主】移動四周的石牆，建造一個相當於足球場那麼寬廣的房間，好奇的魔物們躲在岩石後方竊探著。

「你們退後一點，等會可能會有危險唷。」奇諾斯手指一劃，在牠們面前多建了幾道石牆。

這是他第一次使用這個技能，所以連他也不太知道會發生什麼事。

獵人的技能大部分是與生俱來，在發育時期或陷入極大危機時這些技能便會展現。除此之外，還能購買技能書再透過不斷修練，或打敗特殊的魔物後亦有機會習得新技能。就像把一個人丟進海裡，他有機會能學懂游泳一樣。

奇諾斯在嬰兒時就被遺棄在副本內，為何魔物沒把他吃掉反而對他悉心照料，或許就是因為天生的技能吧？

【馴化】必須先與魔物建立一定程度的信賴，加上魔物必須同意被馴化，此技能才算有效。

馴化後的魔物能跟奇諾斯心意互通，再進一步利用技能【使役】令魔物執行各種命令。而【垂直天秤】的能力加持，亦只能用在經過【馴化】的魔物上。

還有一個技能奇諾斯從未使用過，就是【召喚】。

因為技能的效果是「召喚逝去的魔物靈魂」。

這些年來靠著奇諾斯的保護，副本內並沒有魔物被獵人殺害，史萊姆與骷髏怪本來就不會老死，至於哥布林的生命週期更是奇特得令人無言……

奇諾斯將買回來的黑龍披風攤平放在地上，然後輕輕用手按著它，使出【召喚】。

就在使用技能的瞬間，奇諾斯完全感受從披風爆發開來的強大能量傳到他的掌心，使他全身的每個細胞都被震懾。

「好像……能成功？」

突然，一股能量從奇諾斯的手掌竄進他的腦內，彷彿被一百列火車同一時間撞進腦袋般。

奇諾斯眼前一黑，他的意識被這些亂衝亂撞的火車帶到一個完全漆黑的空間。

「小子，是你召喚我？」在無邊際的漆黑中，一道巨大的聲音宛如山崩海嘯般襲來。

「嗯，我希望你成為我的伙伴。」奇諾斯知道跟他對話的，正是他召喚的黑龍。

「哈哈哈！竟然有人類想跟尼德霍格成為伙伴？小子，讓我看清楚你……」

驀地，一雙巨大的青黃色瞳孔在漆黑中展現並凝視著奇諾斯。

「哦哦，難怪你有能力召喚我，我還以為只是傳說，沒想到你真的存在。不過，你比我想像中看起來更矮小呢。」

「那我看起來應該像什麼才對？」

「至少得跟我們巨龍一族一樣壯碩吧。」

「可是你還是被人類打敗了，還用來製作披風呢。」奇諾斯賊笑。

「嘖！你叫什麼名字？」

「奇諾斯，我看書後幫自己改的。」

「我沒問你這個。奇諾斯，你想要我成為你的伙伴嗎？先叫我一聲尼德霍格大人好了。」

「尼德霍格大人。」奇諾斯完全沒猶豫。

「……你果然不像是人類呢。」

「還有什麼要求嗎？」

「哼，你還要先通過我的考驗，經歷我的痛苦！嘿嘿，如果你沒法通過考驗，我就會占據你的身體了。」

在自稱尼德霍格的黑龍說要考驗奇諾斯後，奇諾斯便感覺到自己又被轉換到另一個空間。這次四周還是漆黑一片，但至少有了雙腳觸地的踏實感。

他還聽到混雜著沙塵的強風呼嘯而來，撲打在他的臉上，奇諾斯下意識瞇起雙眼。接著，聞到炮火的硝煙味。

奇諾斯意識到自己正身處在一片屍橫遍野的荒地上，這裡是雙方作戰的交會點，地上躺著無數肢體不全，內臟外露的屍體，不單是身穿全副武裝的人類，還有各式各樣的魔物。

「我是名為尼德霍格的黑龍，意指邪惡的侵略者，乃永生的存在。出生在世界之樹的根部，活在樹內的人類自稱萬物之靈，不斷爆發戰爭、破壞生態、過度發展……那一點一滴的邪惡被土地吸收，流進世界之樹的根部。我，靠著這些養分日漸成長。」

聲音忽遠忽近，像在上方傳來，又似是從體內發出，奇諾斯低頭一看，卻發現自己的身體竟化成黑龍，全身包裹著像燒焦岩石般的黑色鱗片，關節間迸出淡藍色的幽冥之火。

「某天，我……」

「說夠了吧，很無聊咧……」奇諾斯打了個超長的呵欠：「老實說你這樣念台詞不覺得很尷尬嗎？我全身的雞皮疙瘩都冒起來了，那是什麼長篇奇幻小說的開場白啊？還是ＲＰＧ遊戲被玩家狂按略過的世界觀解說，沒人會看這種長文啦……」

現在的奇諾斯與黑龍尼德霍格化成一體，他便逕自作出簡略版的解說。

龍是永生的生物，就跟龍蝦一樣。唔……想深一層哥布林的生態循環也算是某種永生，所以永生其實沒什麼了不起。更重要的是，有人類這種生物存在，根本不可能有生物可以永生。

而鼎鼎大名的尼德霍格，出生於世界之樹的樹底，樹根滲出的那一丁點惡念已滿足不了牠了。尼德霍格便決定咬穿樹根，率領著其他魔物闖進人類的世界。

為了要從樹底進入樹的內部，於是「門」誕生了。

不知道是什麼原因，魔物們沒法從門走出人類的世界，只能待在副本成為獵人的練靶對象。因為「門」的出現，人類變得史無前例團結，不單有異界管理局，實力強悍的獵人們更組成「十二獸」，專門處理難搞的副本。

十二獸雖有互相較勁，但卻是良性競爭，倒楣的只有遇上他們的魔物而已。

尼德霍格見勢頭不對，也有樣學樣與傳說中的魔物商討對策後，組織「七大罪」與獵人們對抗。真土氣的名字……

然而，門和副本都是隨機性產生的，從樹底走到樹的內部，不管魔物們組隊還是手牽手，都只會出現在不同的副本內，加上沒法穿越「門」這個硬傷，結果七大罪還是潰不成軍。

而轉捩點是，一位傳說級魔物抓住一名人類預言師並使他成為傀儡，其中一個預言是一名人類嬰兒的誕生，將會為這場人魔大戰帶來翻天翻地的改變，這名人類能夠令「門」這個最大的阻礙消除。

然而，最好笑的來了。我們的尼德霍格大人在尋找這個人類的過程中，愛上了一個人類的女人，結果被出賣了……於是被上萬名獵人圍捕而死。

「噗！哈哈哈哈！還說自己是邪惡的侵略者，哈哈哈，笑死人了！」

「給我閉嘴！考驗才要剛剛開始啊！」

聽完這句，奇諾斯感覺到意識被抽離出尼德霍格的體內，站在遍地屍駭的荒地上，終於拿回自己的身體，他伸展了一下筋骨。

下一秒鐘，奇諾斯感受到一股強大的壓逼感，源自於佇立在山谷上的龐然大物。

尼德霍格。

幽藍色的火焰像鬼火般在牠周圍繚繞，牠展開那漆黑的巨大翅膀，颳起一陣強風吹向奇諾斯。

「誇張耶，我也想要一雙這麼帥氣的翅膀。」奇諾斯讚嘆。

那可不是普通的風，而是尼德霍格其中一個技能【死者甦生】。

半晌，低吟聲此起彼落，奇諾斯掃視一圈，發現強風所吹拂過的地方，周圍的屍體竟慢慢地爬起來了。

幾隻穿著盔甲的喪屍撲向奇諾斯，奇諾斯手上早已握著匕首，劃出兩道閃爍銀光，將牠們的頭給砍下。

「這才比較像是考驗呢，比起剛才的過場動畫有趣多了。」奇諾斯才剛說完，一隻眼睛插著箭矢的獨眼巨人，掄起緊握的雙拳，從他背後施展一記砸擊。

轟！

沙塵飛揚，碎石滿天飛，地面被轟出一個深坑，卻不見奇諾斯的蹤影。

「我買了一件很性感的泳衣喔。」奇諾斯不知何時騎在獨眼巨人的背後，在他耳邊說了一句《頭文字D》電影的對白。

獨眼巨人發狂揮舞雙手，卻抓不住在身上像蟑螂般爬來爬去的奇諾斯。

奇諾斯掏出匕首，爬到哪刺到哪，每個細小的傷口都發出紅光，雖然不能對獨眼巨人構成嚴重傷害，但正好可以測試一下匕首的「出血效果」。

不消一會，巨人的動作明顯變得遲緩了許多，更氣喘吁吁的愣在原地。大約過了五分鐘，就力竭倒下了。

「效果不錯，那店員沒介紹錯呢。」

奇諾斯的身影化成一道黑影在喪屍群中穿梭，喪屍群像螞蟻般被打飛到半空，儘管他在這裡沒法發揮技能【造物主】和【垂直天秤】，但對付這種死而復活的生物倒是綽綽有餘。

不過，喪屍的數量實在太多了，奇諾斯開始焦躁起來。一直斬斬砍砍……不好玩啊！突然靈機一動，奇諾斯不斷後退，喪屍群隨後追趕。他來到一棟被火燒得只剩下骨幹的大廈前停下來。

雖然大廈已被摧毀得面目全非，但內部仍有些地方殘存下來。

「來追我啊～嘻嘻。」奇諾斯竄進其中一個房間，這是他剛剛想到的計劃，他想實驗一下在這個奇怪的空間，能否打開副本的門。

「嗨，我回來了，有事需要你們幫忙呢。」奇諾斯向哥布林和骷髏怪們打招呼。

「嘰？」哥布林一臉懵然，半小時前，奇諾斯在副本深處造出一個房間對著黑披風使用技能【召喚】，現在又突然出現在副本的入口，到底……

「我帶了一班客人回來，要麻煩你們去招待牠們了。」奇諾斯身後湧出一群像超市大減價搶購特價貨的太太們的喪屍。

除了「混亂」之外，大概沒有別的詞彙能更貼切形容副本內的狀況，所有喪屍殺進了副本內。

被尼德霍格復活的喪屍似乎只能接收簡單的指令：「攻擊最靠近的目標」，與副本內的魔物開始進行混戰。

「呼呼～這樣就輕鬆得多，我先回去搞定那頭黑龍了。」奇諾斯豎起拇指跟魔物好友們眨眼。

「嘰嘰～喀喀喀喀！」

不理會魔物們的抱怨，奇諾斯便從副本的門溜出去，他並沒有立刻返回黑龍的空間，而是離開副本去了另一個地方。

學校圖書館。

在他決定搬家的那晚，便偷偷溜進去，將副本轉移到一間中學內。反正現在是休假，應該沒有學生會回校了，就算被發現也能轉換到其他地方。

為了戰勝尼德霍格，奇諾斯必須在外面的世界先準備「必殺技」。

一切都準備就諸後，他返回黑龍空間，現在地面只剩下少量無意識踱步中的喪屍群，不需強行戰鬥也能輕鬆避過牠們的追擊。

「我還以為你會逃掉呢。」尼德霍格仍傲立在山谷上。

「我改變主意了，我不要你當我的伙伴……」奇諾斯說。

「嘿嘿，原來你放棄了嗎，也對，畢竟你只是個人類，傳說也只是個傳說，人類怎麼可能哄魔物……」尼德霍格發出像岩石撞擊的傲笑，嘴角噴出火花。

說到一半，奇諾斯的身影突然消失，出現在尼德霍格的頭頂。

「我要你當我的手下啦！」奇諾斯雙手反握著匕首，對著尼德霍格的後頸刺下去。

「嘖，不自量力。」尼德霍格壯碩的尾巴甩向奇諾斯。

奇諾斯在半空中旋轉避開揮擊，順勢將匕首刺出，宛如毒蛇般襲向尼德霍格。

「鏗」的一聲，匕首只在鱗片上留下淡淡的刮痕。

「刺刺刺刺刺！」奇諾斯騎在尼德霍格的背上瘋狂刺擊，但別說出血效果了，根本沒法造成半點傷害。

「你以為這種武器能傷到我嗎？」尼德霍格雖身體龐大，但異常敏捷，可想像成一隻像雙層旅遊巴士般巨大的蟑螂。

尼德霍格每一下攻擊，都是單純的爪擊、跺地或衝擊，破壞力卻是轟得天空響雷，炸得地動山搖，像末日災難電影一樣誇張。

奇諾斯也知道自己承受不下，更何況現在沒有【垂直天秤】的加持，只能靠自身的力量去戰鬥。

一邊戰鬥一邊思考，每次閃過尼德霍格的攻擊都能看到死神在向他招手。

「人類，你在笑什麼？」尼德霍格問。

「我在笑嗎？抱歉我沒注意。」奇諾斯竟不自覺地沉醉在這場死亡邊緣的戰鬥中。

又一輪狂風暴雨的攻防戰，奇諾斯在躍起時被尼德霍格抓到時機，遭尾巴直接鞭中，整個人陷進地底，五臟六腑被轟得幾乎炸裂。

尼德霍格沒放過這個機會，噴出龍之吐息，淡藍色的火焰如海浪般在地面蔓延。

奇諾斯迅速爬到尼德霍格的腳下，掏出從道具店買來的魔像水晶將它砸在地上，破碎的水晶從裂縫中迸出閃電的弧光。

幾道落雷打在尼德霍格身上，這種低級魔法沒對牠造成太大損害。

然而，牠被閃光奪去了一秒的視力，這樣就已經足夠了。

奇諾斯咬牙忍耐著全身的疼痛，躍到尼德霍格的面前，用匕首刺向牠的眼球！

一道血柱噴濺，尼德霍格咆哮一聲，全身爆出火焰將奇諾斯彈開。

匕首的出血效果生效了，但要讓尼德霍格乖乖躺下，看來還需要很長時間。

「如何，這一擊有通過考驗嗎？超強組合技耶！」奇諾斯得意地說。

「我也改變主意了，我不會占據你的身體，我要在這裡將你碎屍萬段！」尼德霍格怒了。

此時，喪屍們就像脫線的木偶般躺回地上，一動也不動。尼德霍格將分散到喪屍身上的力量收了回來。

這代表接下來，將是牠全力的一擊。

奇諾斯抑壓著興奮的顫抖，緊握著匕首全神貫注準備迎戰。

然而，尼德霍格的身影卻在剎那間，從奇諾斯的眼前消失！半晌，一道黑影以高速在奇諾斯的頭頂掠過。

「速度也太誇張了吧？我完全看不清呢。」奇諾斯苦笑。

像颳風般的拍翼聲從上空傳來，原本被烏雲籠罩的天空突然豁然開朗，一具龐然巨物正從高空俯衝下來。尼德霍格猶如隕石般墜落，周圍的空氣熾熱得燃燒起來，然而奇諾斯沒打算避開，他蹲下來，大腿肌肉像橡皮筋一樣緊繃著，如拉滿弦的弓靜待著時機。

隕石對弓箭，是史上強弱最懸殊的對決吧？

轟轟轟轟轟！尼德霍格以高速衝向地面，整個空間都因強大的力量而震動起來。

奇諾斯擦一把額上的汗，從口袋中掏出他的必殺技，並不是什麼特別武器，只是從圖書館電腦列印出來的紙張，上面印有一個女人的照片。

「喂笨龍，她就是你的愛人吧？」

包裹著尼德霍格的火瞬間熄滅了，但氣勢絲毫不減，砸下來還是足以毀天滅地。

奇諾斯將紙張翻開，原來是一篇新聞報導：「我查到當年的報導，那個女人是獵人團的一員，你被討伐之後，她們整個團隊就這樣踩著你的頭顱接受媒體訪問。

那女人是這樣說的：『早在大半年前我們就派間諜潛入副本內，令這頭畜生的精神力枯乾殆盡，在牠毫無防避的時候進行策略性打擊，最後不但成功討伐，獵人團還沒有任何獵人傷亡。』」

尼德霍格展開巨大的翅膀使勁一揮，馬上停住去勢凝在半空。

「她、她在說什麼……」尼德霍格呆問。

「意思就是那女人從遇見你的那一刻起，就打算出賣你了。那不是緣分，也不是愛情，只是一次『策略性打擊』。」奇諾斯故意加重語氣。

尼德霍格並沒有動怒，宛如油盡燈枯一樣，身上的火焰全數熄滅了，殺氣也蕩然無存。

因為尼德霍格真心愛她。從考驗一開始，奇諾斯與尼德霍格融為一體時，就也共享了牠的記憶，所以奇諾斯很清楚。

這次隕石對弓箭，弓箭勝出，因為那是愛神丘比特的箭。

「喂笨龍，人類很卑鄙，對吧？」奇諾斯把匕首收回去，他知道眼前的尼德霍格已不再是敵人。

尼德霍格似是失去拍動翅膀的氣力，轟然墜落在地面，龐大身軀陷進地面，沙石飛揚，彌漫著灰塵。

然而，這不是奇諾斯眼眶濕潤的原因，他走到尼德霍格旁邊，一屁股坐在地上，他也沒氣力再打了。

「有聽過一句說話嗎？擁有共同敵人，是成為朋友的最快捷徑。」奇諾斯說。

「嘖，誰說的？別將我跟人類混為一談啊。」尼德霍格噴出焦臭的鼻息。

「是我說的，啟發自電影《無間道》，兩個主角有了共同敵人後就開始合作，在停車場殺了黑幫老大，那段超精彩，不過其中一個主角心懷不軌，很快就背叛另一個主角了。」

沒理會尼德霍格有沒有興趣，奇諾斯逕自演起電影中的名場面：「對不起，我是警察。」「嘿，誰知道啊？」

奇諾斯雖然討厭人類，卻很愛看電影跟動漫畫，經常半夜溜出副本去網咖看到飽，然後回去跟魔物們敘述情節。順帶一提，哥布林特別喜歡被主角殺死的角色，就例如轉生類動漫畫中的哥布林。

「所以你的意思是你很快會背叛我？」尼德霍格皺眉。

「哈哈，所以你的意思是會跟我合作嗎？」奇諾斯輕敲尼德霍格腹部的堅硬鱗片。

「在我的世界，沒有合作的概念，你也沒看過魔物合作吧？」尼德霍格深深吸氣，腹部隆起把奇諾斯彈開。

的確，奇諾斯花了極大心力才教會他的魔物好友們要有策略合作，不要看到獵人進來就嘩啦嘩啦地衝出去送死，甚至為了衝出去的次序而自相殘殺。

「所以你們才會一直敗給人類。你有幻想過嗎？魔物大軍浩浩蕩蕩進攻人類大本營，我騎著黑龍在異界管理局的空中盤旋指揮，吼吼～～轟轟！碰碰碰！多威風啊！」奇諾斯興奮得手舞足蹈。

「我才不會被你騎著指揮。」尼德霍格嚴正表示。

「哈哈哈，也對，那別說這麼遠，至少讓我幫你找到那女人算帳吧。」奇諾斯說。

「你會幫我？」

「只要你願意當我的伙伴！」

「……為什麼要幫我？」

「因為我看不順眼，誰說人類一定要幫人類？如果有人欺負狗狗，其他人一定會幫狗狗吧？」

「你說我是狗嗎？」

「那叫作比喻……」

「別用狗來比喻我！」

奇諾斯半躺在尼德霍格的腿上，牠也不抗拒。兩人你一言我一語的，已經完全忘了什麼考驗、當手下、碎屍萬段了。

「其實我啊……很羨慕人類。曾經想變成人類，跟那個臭女人在一起的時候，我想跟她一起組織家庭，生下一兩個小寶寶，然後老死……」

「人類這麼弱有什麼好羨慕的。」

「因為你們會變老，可以尋找屬於自己的生存意義，然後死去。我的生存意義就是殺戮、復仇、破壞，多沒趣。」

「是嗎？我寧可有對可以飛的翅膀呢。」

「你為何要幫助魔物？這就是你的生存意義？」

「唔~我被父親遺棄在副本，所以我嚴格來說不算人類吧？」奇諾斯咬牙，壓抑著心底湧現的情緒。

「遺棄是什麼意思？魔物沒有這個概念。」尼德霍格也注意到情緒波動，溫柔地用尾巴圍繞著奇諾斯。

那年，奇諾斯只有三歲。

那個男人的臉已經有點模糊了，只記得當晚，他在睡房睡到一半，突然被那男人抱起，急步離開大樓。

奇諾斯從睡夢中驚醒過來，問：「爸，我們去哪？」

被稱作父親的男人沒有回答，但奇諾斯從他紊亂的呼吸中感覺到事態嚴重，男人懊悔的表情像在告訴他……接下來做的事只是逼不得已。

「總統大人，只剩幾隊獵人團隊仍在努力撐著，其他獵人團已宣告失敗。」一個全身負傷，半邊臉血肉模糊的軍人在前面匯報。

「攻到第幾層？」抱著奇諾斯的男人，正是總統凱特雷。

「七十三層全部淪陷，七十四層也快撐不住了。」

「十二獸呢？」

「四個在副本內失去聯絡，三個從外國趕回來，其他都說有事在忙沒法回來。」

「媽的……」凱特雷咒罵：「帶我去找預言師。」

「所有人員都退守到七十七層，我現在帶你去。」

當凱特雷跑到升降機門前，卻被那軍人叫住：「總統大人，升降機被門占據了……

那是A級以上的副本，後樓梯的防火門也是一樣，我們在窗戶外有一條臨時梯子！」
凱特雷緊緊抱著奇諾斯爬出窗戶，外面風勢很強，刺骨的寒風呼嘯而來。
「不用怕，別看就沒事了。」凱特雷遮住奇諾斯的雙眼。但他從指縫中看到，地面有大批如螞蟻般的人圍著大樓，當凱特雷在梯子上奮力攀爬，地面的燈光閃爍不停，那些全都是不同媒體的記者。
當時奇諾斯年幼，仍未知道發生什麼事，長大後他才在網路上尋回媒體報導，得悉他三歲那年，發生了一件大事。
被稱為「門之收割」的事件。
一直以來「門」都是隨機出現，然後被獵人們攻克，奪取魔物身上的資源供人類使用。
但從某年開始，大量的門集中出現在異界管理局的總部大樓內。一個聚集了高級獵人、情報人員、重要政府要員，以及總統居住的地方。
而且，門內全是難度達A級的副本，也就是說，必須交由十個或以上的A級獵人團才能攻克的副本。
門就像是病毒一樣，從大樓的一層、二層、三層……慢慢往上蔓延。不論是辦公室，廁所，升降機還是雜物房，全都變成內部充滿魔物的門。

若是一般的建築物，只需疏散人群甚至把大廈炸毀就能解決了。但這是異界管理局的總部，資料庫被門占據，裡面的資料就必須把副本攻克才能取回。

再加上，撤出總部大樓，就代表管理局的認輸，以後就不會有獵人甘願聽令於管理局，更不會把魔物的資源交到管理局手上。

失去資源掌控，意味著凱特雷的垮台。

所以，凱特雷決定聽從預言師的話，將其中一個受詛咒的兒子，像祭祀般交到魔物手上。

「趕快回去，一定要保住卡司莫斯的安全……」這是父親將奇諾斯遺棄在副本後，跟他說的最後一句話。

卡司莫斯，是奇諾斯的雙胞胎哥哥。

就這樣，奇諾斯被遺棄在副本內，任由一個三歲的孩子自生自滅。

不知是幸運還是不幸，奇諾斯進去的副本只有一些低級的魔物，哥布林、骷髏怪、史萊姆……每個副本都有一個守護者，通常待在最終房間看守著寶物的，都是副本內最高級的魔物。

愈有價值的寶物就有愈高級的魔物守著，也吸引愈高級的獵人前來。相對地，魔物亦藉此吸引來送死的獵人，滿足牠們殺戮的天性。

而奇諾斯的副本守護者，就是白狼。一頭雪白得像巨大雪球，全身毛髮反照出銀光，像一輛小貨車般龐大的巨狼。牠守護的並不是一般寶物，而是牠剛出生的孩子。

雖然奇諾斯並不像某國總統，是三歲就懂騎馬射箭，五歲就打倒熊的天才。但他像打雷一樣的哭叫聲、奮力亂踢的雙腿，以及充滿求生意志的眼神，確實把想要接近大快朵頤的魔物們震懾住了，其中一頭哥布林更被咬得滿身齒痕。

哭鬧了整整兩日兩夜後，奇諾斯終於累了，眼皮不斷下垂，最後體力不支倒下。

哥布林舔著上唇走上前將奇諾斯包圍，眼前小孩也許是牠們吃過最嫩滑的肉。就在這個時候，白狼出現了。

牠跳到奇諾斯前面揮動尾巴，發出低沉的吼叫，警戒所有魔物不准靠近。

白狼回頭一看，奇諾斯可愛的睡相觸動到牠的母愛，自那天起，白狼便多了一個要看守的寶物。

★★★

「哈哈，你們該好好鍛煉一下！」六歲的奇諾斯打倒了副本內所有哥布林，平日跟

史萊姆浸浴，使他能免疫大部分毒液，更不用說跟白狼的孩子們玩摔角，練出魔物級的矯敏身手了。

每個獵人的技能都根據個性與生活習性展現出來，每天在副本內跟魔物們生活的奇諾斯，在十歲的某天，開啟了【垂直天秤】、【造物主】這兩個奇異的技能。

但也在同一天，他永遠失去了白狼。

一隊約二十人的C級獵人團隊，為了得到白狼之尾這件珍貴的素材來到副本。

「讓我出去戰鬥！至少說服他們離開，求求你……」

不聽奇諾斯的請求，白狼撞擊石壁讓石塊崩塌下來，讓奇諾斯跟狼孩子躲藏起來，而白狼自己則跟其他魔物拚死與獵人戰鬥。

「牠在裡面，小心點！布下陷阱！」獵人們先用火攻將白狼逼進死巷，再用毒氣使白狼失去戰鬥力。

白狼因吸入更多毒素而全身麻痺，當場活生生被割下尾巴及剝掉全身的皮毛。

「奇怪，怎麼副本沒有消失？」

「還有魔物沒被殺光吧？給我搜清楚一點。」

結果，奇諾斯被搜了出來。

奇諾斯看到眼前宛如童話裡的獨角獸一樣漂亮的白狼，如今全身血淋淋的肌肉外露、銀白的睫毛沾著血液，眼睛對著他一眨一眨，像在說：「逃吧，帶著我的孩子們……」

極怒的奇諾斯擋在幼狼面前，【垂直天秤】技能發動，並因白狼的死而激發到極點。

「人、人類？怎麼可能？」

奇諾斯雙眼綻放紅光，化成一道黑影，衝到其中一個獵人的懷中，手臂貫進他的身體，從背部穿出，硬生生把那獵人的脊骨扯斷。

「全數驅逐！」奇諾斯怒吼。

「媽的！竟殺死我的同伴？」拿大鎚的獵人高高躍起，從背後轟下。

而奇諾斯舉起單臂，輕鬆將重擊接下，再奪去大鎚，像要小孩玩具般高舉過頭砸下！

「鏗！」獵人舉起雙臂格擋，力量穿透他的重盔甲在體內爆發，兩行鼻血噴濺。

一下再一下簡單卻霸道的鎚擊，轟得獵人半身陷進地面。

「連環火矢！」另一個飄浮在半空的女獵人施展魔法，十多枝冒火的箭矢射向奇諾斯。

可是那些箭矢，轉瞬都刺在那名重盔甲獵人身上。

「就是妳的火魔法把白狼嚇倒吧？」不知何時，奇諾斯已出現在她背後。

女獵人趕緊凝聚魔力，可是當舉起手時，才發現她的手掌不見了，只剩兩道平滑的切口。

「大家，把面具戴上！」另一個戴防毒面具的獵人丟出噴發毒氣的手榴彈，現場登時煙霧彌漫。

「你們的毒對我沒作用。」煙霧反而成了奇諾斯的掩護。

副本內只剩下慘叫聲，以及骨肉被撕開，內臟被打爆的聲響。

二十多人的獵人團，無一生還。

那些狼孩子因為毒氣全都死了，那時候奇諾斯仍未學懂使用【召喚】技能，所以沒能令牠們活過來。整個副本就只剩下仍未被獵人團殺光的少量魔物，與奇諾斯一塊生活至今。

★★★

雖然奇諾斯的身軀只有大約尼德霍格的一隻爪子那麼大，但牠還是能感受到奇諾斯在瑟縮顫抖，他整個體內都充斥著複雜的情緒，憤怒、不解、悲傷、被出賣……它們在互相擠壓碰撞，試圖占據奇諾斯的心思。

「小子，在我將你拉進我的空間時，你便能讀取我的記憶，我也可以這樣做。所以我很清楚你的故事，比你記得的更加清楚。」

「什麼意思？」

「就是你三歲前所發生的事，不得不說，我很同情你的遭遇呢。但……為了現在的你著想，還未到告訴你真相的適當時機。」

「少來賣關子了。」

「嘿嘿，我有點睏了，我先小睡一會，別隨便叫醒我。」尼德霍格打了一個撼動大地的呵欠。

眼前所有景物像被戳破的氣球，化成一堆黑色煙霧，包裹住奇諾斯。

等到煙霧散去，奇諾斯發現自己已身處在他的副本內。

那黑色的披風，正披在他的肩上。

所有魔物在岩石後探出頭來，卻不敢哼叫一聲。

「呼，餓了。我出去買漢堡吧。」奇諾斯現在最想吃的是巧克力麵包布丁，要是這世上沒有這種甜品，他早就毀滅世界了。

就在奇諾斯出去買晚餐的時候，有路人向他派發傳單：「有興趣加入劍尖獵人團嗎？我們正招募新獵人呢。」

「唔？我不是獵人。」奇諾斯回。

「你幾歲了？不去考個獵人執照嗎？」那人投以輕蔑的眼神。

奇諾斯看著傳單思忖：「對了，如果我有獵人執照，尋找適合的副本就更方便了！」

第四章

「人真多呢……」奇諾斯看見長長的人龍，獵人考核場的入口更是擠得水洩不通。

隔天一大清早，奇諾斯便站在管理局舉辦的獵人考核試場外，由於獵人是比Uber Eat外送員更熱門的職業，所以每個月都有招聘考核，很多獵人團更會直接待在考場外發掘有潛力的新獵人。

「喂喂，你大搖大擺走進管理局，不怕身分曝光嗎？」

尼德霍格跟奇諾斯擁有共享記憶，得悉他殺掉了一個管理局的行動組獵人瘋狗。

「放心吧，我早就有計劃了。再加上到時候你幫我隱形就行了不是嗎？」奇諾斯說。

「隱形還是會被魔法打到，隨便一顆子彈都能將你斃命。」

「你可是大名鼎鼎的尼德霍格耶！會怕子彈嗎？」

「你召喚我之前……」尼德霍格說到一半察覺到自己踩中地雷。

「沒錯啊～在我召喚你之前，也只是普通的披風呢～呵呵。」奇諾斯故意逗尼德霍格。

尼德霍格立刻將圍繞奇諾斯頸部的布條勒緊，令他不能呼吸。

「咳咳……你真該學學奇異博士用的懸浮斗篷！」奇諾斯被勒得伸出舌頭，表情痛苦地搔抓脖頸。懸浮斗篷是在Marvel電影《奇異博士》中擁有自我意識的斗篷。

奇諾斯一直在自言自語，因為尼德霍格隱形了其他人看不見，讓奇諾斯看起來彷彿在跟鬼魂打架般被壓在地上，向空氣揮動拳頭，惹來其他來考試的準獵人側目。

「這樣排下去不是辦法呢，尼德霍格大人請求你幫小弟進去吧。」

「哼哼。」

尼德霍格使用能力將奇諾斯變成隱形，周圍的獵人再次發出驚嘆的聲音，但奇諾斯已經偷偷溜進考試會場了。

眨眼間，奇諾斯走到登記檯面前，登記員問：「下一位，名字呢？」

「斯諾奇！」奇諾斯自信滿滿。

「喂！你說的計劃就是把自己名字倒轉來唸嗎？你是白痴還是把管理局的人當白痴？」

「……？」登記員看了奇諾斯一眼。

「你、你、你一輩子都沒聽過這個名字對吧？」奇諾斯露出燦爛的笑容。

「登記好了，別擋路，下一位。」

Yes，成功了！奇諾斯心想。

「我要重新估計人類的智商……」

「別忘了你是如何變成披風的呢。」奇諾斯揶揄，走到下一個考核場地，有幾條狹窄的分流通道，有工作人員指示進來的獵人去不同的通道排隊。

「還是要排隊嗎……」奇諾斯側耳細聽，前方發出「嘎嘎」禁止通行的聲響，似乎已經在淘汰一些不合資格的人。愈走到前面，就愈能聽到遠處的爆炸聲與武器撞擊的鏗鏘聲，使奇諾斯全身都沸騰了起來。

終於輪到他了，負責這個部分的是一位戴鴨嘴帽的工作人員，手上拿著一把像是手槍的儀器。

「你叫斯諾奇吧？別動，很快就好。」工作人員舉高儀器指向奇諾斯。

突然一陣怪風，吹飛了鴨嘴帽。

「啊啊啊啊！」工作人員跪在地上慘叫。

在電光火石間，奇諾斯本能反應將工作人員的手腕捏碎。

「白痴，你就不能冷靜一點嗎？」

「我不太擅長等待，看到提款機的人龍我會暴走。」奇諾斯聳肩。

幸好，似乎沒人看清奇諾斯迅猛的動作，只以為儀器突然爆炸令工作人員受傷。醫療隊內有懂得治療技能的獵人，將工作人員用擔架床拖走後，換上一個新的工作人員。

「抱歉，剛才有些小意外，現在再來一次。」

奇諾斯深呼吸，全身放鬆：「來吧來吧。」

「不用緊張，這只是魔力和血量測量器。」

「魔力是什麼東西？」

「就是使用技能的次數，你的技能天賦應該已經展現了吧？」

「嗯嗯。」

「那就沒問題。」

可是，不管工作人員對額頭測量還是指向太陽穴、天靈蓋，結果魔力都顯示為零。

「這不可能……」工作人員拍打儀器，對自己的額頭測試，顯示數字是291。

也會有些特殊體質的獵人，魔力量不足以使用一次天賦技能的獵人，因此必須靠道具輔助，其中一位「十二獸」就是例子。可是他的技能威力是毀天滅地級，因此情有可原。

但從未出現過有魔力是零的狀況。

「證明我很特別啊！趕快給我獵人證書！」

「不可能，只有屍體的魔力才會是零。」

「你真是麻煩製造者，這次讓我來幫你吧。」

驀地，奇諾斯感覺到一股熾熱的氣灌入體內，使他禁不住「嗶！」叫了一聲。雖然不知道尼德霍格耍了什麼把戲，但奇諾斯很清楚感受到源源不絕的能量在體內暢快地竄動。

「可以麻煩你再來一次嗎？」奇諾斯說。

「不管試多少次也都一樣，我勸你有什麼心願未了，盡快完成吧。」工作人員一臉惋惜。

惋惜個屁啊！奇諾斯心想，一手把儀器奪過來瞄準自己的腦門。

「嗶嗶～」

工作人員雙眼瞪大，幾乎連眼球都跳出來了，魔力數字顯示為：92700。

這幾乎是一整個獵人團出征副本後魔力消耗量的總和。

「這、這更不可能……」工作人員呆滯。

「什麼叫不可能，早說過我很特別嘛，趕快讓我通過。」奇諾斯一笑。

來到第二個考核場地，這裡的氣氛明顯不太一樣，像個室內足球場般寬廣的空間，而佇立在中央的，是一間荒廢的學校。

正當所有人都像失去導遊的旅行團團友般東張西望時，一個女人從遠處飛來飄浮在半空，她騎著掃把，頭戴著一頂黑色有星星點綴的法師帽，全身裝束都像是個從線上遊戲跑出來的魔法師。

「各位獵人們早安，我是你們的考官莎瑪。你們聽好了，前方是一個管理局轄下的私用副本，難度為C級。而你們的任務非常簡單，只需要在裡面殺死足夠分數的魔物就算過關了。」

有些獵人聽到後馬上朝學校的方向奔去。

「別偷跑，我還沒說完！」莎瑪手指輕輕一劃，地面便冒出一道火牆，把所有獵人都堵住了。

「你們必須拿到一百分才算通過考核。在第一層的魔物都是雜魚，只值一分。第二層的比較難搞，價值三分。四樓以上的價值五分。順帶一提，在禮堂的守護者價值一百分，也就是說搞定牠就馬上通關～」

「慘了，我最不擅長數學。第一層的魔物一分，第二層的三分，四樓以上五分，禮堂守護者一百分……」奇諾斯低頭數著手指低聲嚷嚷：「再加上，我不想傷害魔物耶……」

「嘖，沒想到會在獵人考核遇到你這種『魔物權益主義者』啊，難道你不知道副本魔物會重生嗎？」一位站在奇諾斯旁邊，穿著軟皮革，蛇頭鼠眼背著弓箭的獵人斜眼看著他。

所謂的「魔物權益主義者」，跟動物權益主義差不多，有些人提倡魔物都有痛覺，不應傷害牠們，更有人嘗試為魔物申請居留權，但牠們的習性本就無法離開副本，根本沒法適應人類的世界。

「人類也會投胎啊，現在送你去投胎可以嗎？」奇諾斯說道。

「你別太囂張！獵人考核跟你在學校考試是完全不同的級別，我見過不少像你這種年輕莽撞的獵人，一在考核中遇到魔物時就徬徨無助、慘叫痛哭的菜鳥。這副本我進去很多次了，每一層都有不同的……」

「你是東巴嗎？笑死！」奇諾斯吐槽。東巴是漫畫《Hunter X Hunter獵人》中的一名角色，從10歲開始，一共考過37次獵人考試，但沒有一次合格，因為他只想看著其他新人吃苦頭。

「給我閉嘴！」

此時，莎瑪突然發出高分貝的笑聲中斷了兩人的互嗆：「哎呀差點忘了，為了增加遊戲趣味，也避免有些不知進取的獵人想停留在一樓輕鬆儲分數過關，我們特地加了一條規則，擊倒其他獵人就能奪去他們身上所有分數。」

當莎瑪說完這一條考核規則，氣氛在剎那間轉變了。就像聽到咒語著魔一樣，所有人的情緒高漲起來，連飄浮在半空中的莎瑪也感受到空間彌漫著一股灼熱的氣氛。

莎瑪用拇指和食指扣成一圈，從半空中俯視過去，探視各人的魔力值。

她作為一個魔法使，魔力值就是一切，就算只能發射小小的火苗，魔力值足夠的話，就是一萬個火苗，不只能燎原，還能燒你個稀巴爛。再者，通常魔力值高的人都很聰明，她最討厭就是滿身肌肉大吼大叫的男人。

「不錯不錯～看來有好戲要上場了。」莎瑪揚起眉毛，看著那個一臉臭屁，指著旁邊獵人嘲笑的少年。

「請問一下，如果我們把副本內的魔物和守護者都消滅掉，副本不會消失嗎？」其中一個獵人舉手發問。

「這個問題你們不用擔心，我們早有準備了，進去之後你們自然會明白，絕不會有搶怪打的情況出現。不過我是不太建議你們去禮堂啦，雖然是C級副本，但守護者對經驗不足的獵人來說有點難纏。」

「如果我們殺死其他獵人，不會被抓去坐牢吧？」另一個滿身都掛著匕首的光頭獵人問。

「在獵人法律中，在副本內傷害其他獵人都是違法的行為。這個副本由我管理，所以……放心吧～沒人能搗蛋作亂。」

「如果我連妳也殺死呢？嘿嘿嘿。」光頭獵人舔著嘴唇。

「呵呵～你就儘管試試看吧。順帶一提，跟管理局呈報的報告是由我負責寫的，所以……在副本內受傷以致失救而死的獵人考生，也是常有出現的狀況呢。」莎瑪仍是滿面笑容。

確保所有人都沒有問題之後，莎瑪雙手擺出射箭姿勢，向荒廢學校頂層的大銅鐘射出一枝冰箭，鐘聲響徹整個會場。

「同學們，該上課了！五小時後我會敲響下課鐘，時限內分數不足的就回家吃奶吧～」

所有獵人浩浩蕩蕩，向著學校校門衝進去，奇諾斯卻慢條斯理地走在最後方。

「喂喂，你不趕快去搶分嗎？」尼德霍格忍不住問了。

「不用急啦，考核設定為五小時，那就表示鼓勵我們自相殘殺。」奇諾斯一邊漫步走進學校，一邊伸展筋骨。

才剛穿越過操場走到門外，便聽到裡面傳出淒厲的慘叫。

「看吧？」奇諾斯說。

校舍內部到底發生了什麼事？

★★★

獵人們剛踏進去，一陣冷風便呼嘯而來迎接他們。四下陰森昏暗，宛如加了一層深紫色的濾鏡，與外面陽光明媚的景色截然不同。

獵人們都擠在校門內，旁邊是一整排學生用的儲物櫃，右邊是長長的走廊跟教室，左邊是往上層的樓梯，還能往下走，有一個木牌寫著「地牢很安全」。

沒人敢往前踏一步，剛才的氣焰一下子被澆熄了，因為環境實在太過詭異，空間比外面看來大很多。

從地板延伸到天花板，一整面牆的儲物櫃大約有一百多個，但這些儲物櫃體積很小，連書本也放不下。

探頭往走廊的方向一看，幾乎看不見盡頭，有數不清的教室，每個教室都傳出老師正在低聲授課，粉筆在黑板上寫字的噠噠聲。

「你、你們有聽到嗎？」其中一個女獵人指向儲物櫃。
有東西在儲物櫃內微微跳動、跳動、跳動⋯⋯
有人伸手想打開它，不料，儲物櫃全部「碰」地一聲打開！裡面裝著的不是課本，也不是漫畫，而是一個蹦蹦跳的心臟！
「你們有注意到嗎？儲物櫃的數量，剛好是我們考生的數量啊！」女獵人真的被嚇到了。
光頭獵人隨手一揮，射出一把匕首，刺中其一個心臟。
原來匕首末端綁著一條絲線，輕輕一抽，匕首跟著心臟返回獵人手中。他放在掌心看了一眼，心臟仍在跳動。
「嘖。這種把戲嚇小孩還可以！」他將心臟丟在地上踩成碎塊。
幾乎在同一時間，其中一個獵人摀住胸口，臉容扭曲，口吐鮮血倒在地上。
「這些都是我們的心臟？」
「趕快把自己的心臟藏起來！」
「每個心臟看起來都一樣，怎麼知道是誰的啦！」
「光頭變態！你幹嘛殺人？」
魔物都還沒出現，所有人卻已亂成一團。眾人將內心的恐懼全都發洩在光頭獵人身上，他寡不敵眾，只好跑向樓梯往上層移動。

幾下跳躍，光頭獵人便跳到上層。

幾秒之後，他又從地牢的樓梯返回地面。

「怎麼……？」

只見光滑的頭顱冒出冷汗。

「咦？你們怎麼比我更快到上層？」光頭獵人指著其他人。

「是你從下面走上來的啊大哥。」

光頭獵人回頭一看，不敢置信地以牆壁作彈跳點，再次躍上二樓。

其他獵人像看馬戲團表演一樣，看著他從地牢的樓梯半空翻身著地，以「Super Hero Landing」的姿勢落在眾人面前。

「……竟能追上我的速度。」光頭獵人咬牙。

眾人無言，心想：跟速度無關好嗎……？

「這是副本的陷阱呢，大家跟著我找其他路徑吧。」被奇諾斯稱為漫畫《Hunter x Hunter》角色「東巴」，考核經驗豐富的鼠眼男早就知道校門的樓梯不可能上去，沒說出來只是為了讓光頭獵人在眾人面前出醜。

鼠眼男提議，大伙兒便跟著他向教室的方向前進。

當然，他也知道將會發生什麼事。

「你們有聽見嗎？教室內好像有人……」

「讓我看一下！」

一個戴著海盜眼罩的獵人將眼罩掀開，眼眸發出像寶石一樣的閃爍光芒。

「我的能力是透視和看穿敵人的弱點。」獨眼獵人毫不忌諱地說出自己的能力。

接著，他嚇得後退了幾步，渾身顫抖。

「你看到什麼？」

「教室內大約有四十多尊石像，像學生一樣各自坐在座位上。他們身上穿著同樣的校服，有男有女，但……全部都沒有頭……」

「石像？沒有頭？」

「但我聽見教室內有人在教書啊。」

「等等，沒頭你怎麼知道是男是女？」

「我有透視。」獨眼獵人臉頰泛紅。

就在獵人們擾嚷之際，教室的門突然「砰」一聲打開。一個穿著西裝的男人從教室內走出來，同樣……他頸部以上空空如也。

「喂！現在是上課時間，你們在幹嘛？不乖！罰留校察看！」男人的聲音從他的身體處發出。

【聖光！】一個身穿白袍的女獵人，手握的十字架朝無頭西裝男射出一道白光。西裝男應聲倒地，身上的衣服被燒光，胸口露出一張有血盆大嘴的惡鬼臉。

【＋1分】女獵人頭頂像遊戲一樣彈出分數視窗。

「誰打我老師！」「誰打我老師！」「誰打我老師！」

同樣的吶喊在課室內傳出，下一瞬間，一群穿著校服，無頭的學生魚貫地從教室衝出來撲向獵人們。

「是魔物！大家先後退！」在狹窄的走廊不宜跟魔物近距離肉搏，獵人們急忙後退到校門前，有十多個無頭學生像蜘蛛般爬到牆上從上方偷襲。

獵人們重整軍勢，然而，魔物們的目標並不是獵人，而是……在儲物櫃內，代表著每個考生的心臟！

由於不知道哪個心臟才是自己的，獵人們只好拚死保護，硬著頭皮跟魔物打起來。

「這根本不是C級副本啦！」有人邁步逃出校門。

「喪家犬！」光頭獵人雙手一揮，十多把匕首射出，雙手拉扯，將魔物們從儲物櫃上拉下來。

此時，校門打開，姍姍來遲的奇諾斯走進校門。

剛好有一個獵人走到他面前，隨後有兩個魔物追趕著他。獵人往後翻滾避開攻擊，丟下微型地雷。

「嘿嘿，2分是我的了！」

「借過。」奇諾斯將獵人一手推開。

結果獵人趴在微型地雷上，隨即兩個魔物踩在他的身上。

「砰！」

擊倒獵人【＋13分】。

「咦？我幹了什麼？」奇諾斯歪頭。

奇諾斯看到眼前的亂戰，就像走進遊樂園看到電動遊戲的小孩般雙眼發亮。驀地，一陣奇妙的能量貫通全身。

「真沒想到呢。」奇諾斯低頭避過魔物的襲擊，隨手拿起儲物室的心臟扔向牠。

魔物撕開上衣，張開胸口的嘴巴把心臟吞掉。

擊倒獵人【＋7分】。

「怎麼了？你的樣子跟吸了貓草的貓一樣呢。」尼德霍格問。

「我在這裡可以使用技能呢。」奇諾斯回。

「喔喔，意思是你能控制這個副本嗎？」

「嗯嗯，就像這樣。」奇諾斯啪響手指發動【造物主】，一樓所有教室門隨即打開。

魔物排山倒海地從教室內衝出來，像喪屍一樣見人就咬。

「還能看到其他人的分數，很像玩線上遊戲呢。」奇諾斯掃視，焦點落在分數最高的獵人身上。

【34分】。

「這裡只是一樓，以大家的實力應該能輕易擊敗這些魔物。穩住，我們能贏！」鼠眼東巴站在眾人後方，不斷尋找安全的位置閃躲。

沒想到，他竟能得到最高分數。

奇諾斯打開教室門所放出的魔物湧入，鼠眼東巴高舉他的盾牌擋住其中一隻魔物的攻擊，他整個人被彈飛起來，掉落在人群堆中。

「也太誇張了吧？剛剛是他自己跳起來的……」奇諾斯傻眼。

然後鼠眼東巴蹲下來，用盾牌將前方的獵人推出去，並施放擊昏技能，使獵人在昏迷狀態下被魔物擊倒。

鼠眼東巴：【41分】。

「真卑鄙！」奇諾斯翻了個白眼。

「跟你剛才做的差不多吧～』尼德霍格揶揄。

目前副本仍不屬於奇諾斯，所以沒辦法使用【垂直天秤】，但光靠改造副本，加上尼德霍格借給他的92700魔力值，要清理這層的魔物還是輕而易舉。

但，奇諾斯並不想傷害魔物。

「尼德霍格，替我隱形。」

「你有方法？」

「學生打架，當然要找老師幫忙啊。」

奇諾斯隱形後，便從樓梯跑上二樓。發動【造物主】後，不單副本的陷阱無效，樓梯甚至像電梯一樣，自動將奇諾斯送上去。

二樓只有一間大型房間，門外寫著「教職員室」。

魔物並沒發現隱形的奇諾斯，他住在副本多年，很清楚魔物的活動習性，在發現敵人之前，都是處於「閒晃」狀態，沒有攻擊性，他隨意抱起一個穿西裝的無頭魔物，便返回一樓。

西裝魔物看到穿校服的魔物們亂成一團，便揮舞著手上的木直尺：「喂喂！走廊不准亂跑！快回到教室！上課了！上課了！」

一聲喝斥，校服魔物嚇得雞飛狗跳，全都竄進教室內。所有魔物都像中了詛咒一樣，變回一堆石像。

考生斯諾奇，一層通關【＋30分】。

「嘿嘿，學生就該乖乖上課嘛。」奇諾斯滿意一笑。

「比去年的紀錄快很多呢！看來各位都很有潛質成為優秀的肉塊……不，優秀的獵人喔。請各位現在往樓梯前進，上去二樓的教員室吧，加油加油！」

考官莎瑪以高亢的聲音宣布一樓通關，所有魔物赫然像臨時演員一樣停下攻擊的動作，撿起地上的雜物丟進垃圾桶，扶起受傷的同伴，整齊有序地返回教室。

現場剩下的，就只有被魔物擊倒的獵人們，雖然剛才戰況激烈，但他們所受的都是輕傷，最嚴重也不過是斷了幾條肋骨而已。

而在儲物櫃內的心臟被破壞的獵人，也像做完一場惡夢驚醒過來，摸索著自己的胸口。

「別裝可憐了，這場考核仍未結束，不會有任何人被淘汰，你們可以選擇報仇，搶回你們的分數，或一直躺到考試結束，會有專人將你們送去治療。」莎瑪又說。

然而，只有少數人選擇站起來，大多數人已意識到，自己不適合當獵人。

之前奇諾斯（善意）送走兩個獵人回家休息【＋13】【＋7】，再加上一層通關的獎勵分數【＋30】。

「喲呵！我現在有60分了！」奇諾斯振臂高呼，看到頭頂顯示的分數像老虎機一樣彈跳爬升，然後在50分停住了。

「咦？怎麼可能！」奇諾斯訝異地喊。

「數學白痴。」尼德霍格無言。

當奇諾斯仍在質疑分數算錯，低著頭數著手指時，有人從後拍他的肩膀：「見到你真好，我還以為你被魔物吃掉了。」

奇諾斯回頭，把搭著他肩膀的手甩開，身後的人是鼠眼東巴。

「你打算來搶我的分數嗎？」

鼠眼東巴像投降一樣舉起雙手：「哈哈，你看到了嗎？眼神別那麼嚇人啊，我只是找到考核合格的捷徑罷了。啊，對了，作為拍檔我差點忘了自我介紹。」

他又伸出手想跟奇諾斯握手：「我叫佳奧。」

「拍檔？誰要跟你當拍檔？我不是針對你，但我打算自己一個人拿一百分。」奇諾斯多年來住在副本，很少跟人類交談，但眼前叫佳奧的鼠眼男，渾身都散發出令人起雞皮疙瘩的氣息。

「你剛剛有聽到考官說了吧？這個只是C級副本，而且是第一層，如果連這種級數的副本也被打得滿地找牙，在真正的副本一定會有性命危險吧？我這樣是為了他們著想。」

「你以欺負弱者為樂吧？」奇諾斯怒瞪著他。

「不，我一點也不覺得高興，我只是討厭弱者，我不想他們在我眼前出現。」佳奧毫不退縮直視奇諾斯。

「難怪我這麼討厭你。」奇諾斯沒理會佳奧，逕自走向樓梯。

「嘿嘿嘿。」佳奧舔著嘴唇，發出詭異的笑聲。

奇諾斯輕聲跟尼德霍格說：「總覺得背後涼涼的……那個變態有盯著我屁股看嗎？」

「目不轉睛呢。」

奇諾斯好像知道寒毛直豎的原因了。他沿著樓梯走上二樓，這次沒有出現任何怪異現象，也就是說，必須成功通關才能往下一層前進。

「我知道二樓要怎樣通關，要組隊嗎？」佳奧轉移目標向滿身匕首的光頭獵人。

「走開，你看起來一副會出賣人的臉！」光頭獵人警戒心很強。

「真想揍他一頓呢。」奇諾斯握拳認同。

「不過那鼠眼說得沒錯，雖然這是C級副本但你要小心一點，在校外騎掃把的人類女人很強，她用催眠魔法控制住副本內所有魔物聽她指令，剛才儲物櫃的駭人玩意也是她的幻覺把戲。」尼德霍格提醒。

莎瑪的技能【Game Host】，能夠在對方身上加入任何「遊戲規則」，規則愈是嚴苛，束縛力愈強。例如莎瑪訂立兩人對戰時只能使用魔法，而且不能唸咒語，只要莎瑪嚴謹遵守，對方也會無法使用其他攻擊方式。

「比你更強嗎？」奇諾斯問。

「哼，還差得遠呢。不過……雖然我隱形了，但她應該感覺到我的存在。你現在應該被盯得緊緊的。」

此時，在校外半空中晃來晃去的莎瑪，手上握著一隻人形布娃娃，用兩指捏住娃娃的手做出揮手的動作。

「喂喂，是管理局嗎？我是莎瑪，有一個名叫斯諾奇的考生有點特別，你們要過來看一下嗎？」

與此同時，一個滿身酒氣的禿頭大叔闖進一間異間管理局報案中心，他步履蹣跚地走到接待員面前：「喂喂，是管理局嗎？我是莎瑪……」

「莎、莎瑪？」接待員完全不懂怎樣反應。

「還要本小姐說第二次嗎？」大叔將接待員整個揪起，將滿臉油光的臉湊上去。

接待員看到大叔的眼眸發出紅光，便察覺那是獵人莎瑪的技能，連忙點頭：「抱歉！剛才沒看清楚，我馬上通報給總部。」

接著，大叔精神恍惚呆站在原地，等到接待員呈報後，又舉起手說：「我還要自首！我有多次醉酒鬧事，在家中虐打妻子的紀錄……」

「意思是指莎瑪妳……？」

接著，那接待員又被整個揪起來：「你是智障嗎？趕快將他拘捕交去警局啦！」

「是、是！知道！」

★★★

考試的眾人來到二樓，這裡跟一樓的布局差不多，只是教室轉換成教員室，而且走廊有一個「此路不通」的標示，表示所有人必須進入教員室。

有前車可鑑，大家都不敢輕舉妄動。

「我先放個陷阱吧。」其中一個獵人從指尖拉出一條半透明的魚絲，並在魚絲塗上毒液。

「我也放個結界吧！」另一個獵人趴在地上，在門外用粉筆畫上魔法陣。

畫到一半，被奇諾斯一腳踩上去，魔法陣糊掉了。

「我要進來了～」奇諾斯把教員室的門敞開。

「嗚嗚，左腳不能觸碰地面。」一個穿冬季體育服，全身皮膚血紅，有五隻手臂，頭部四個方向擁有四張不同表情的生物，正在哭泣的那張臉面向奇諾斯。

奇諾斯突然失去平衡，低頭一看，左腳消失了。

「怎、怎麼？這也是幻覺嗎？」

「不……你的腳在那魔物手上！」

莎瑪的技能【Game Host】規則發動！

成功到達二樓的考生，已比一樓少了大半。相信放棄繼續考核的獵人，應該慶幸自己不用經歷接下來發生的事。

「發、發生什麼事？」奇諾斯低頭看著自己的斷腳，沒有流血，也沒半點痛覺。但失去一隻腳的他，就像不慎弄掉拐杖的老人家，連穩穩站著都沒辦法，更別說戰鬥了。

「我也不清楚，完全沒看到牠是怎樣……不，與其說是速度太快，倒不如說是你的腳突然消失了。」尼德霍格說。

「就跟剛才的儲物室一樣……是敵人的能力嗎？」奇諾斯看向有五隻手臂四張臉孔的魔物，表情哀傷的那張臉正張開嘴巴打算吃掉他的腳。

「我從沒聽說過有這種能力的魔物，但利用魔力就有可能做到，是那個騎掃把的女人在搞鬼吧。」

「哈哈哈哈哈，我早就說過要跟我組隊吧！活該！」佳奧發出高亢的嘲笑聲，又拉住身旁滿身匕首正想衝上前的光頭獵人說：「阿九，別衝動啊。他已經沒救了，弱者沒資格生存在這世界上，記得我說過吧？悲哀臉是數學課。」

「交給我。」名叫阿九的光頭獵人點頭。

「嗚嗚～嗚嗚～現在的學生不尊重數字，老師覺得很悲哀啊，質數！」悲哀臉伸出像蛇舌一樣的舌頭，哀怨地舔著奇諾斯的斷腳。

四臉魔物喊出「質數」的瞬間，在教員室內的考生跟奇諾斯一樣，有的其中一隻手臂消失，有的腳消失而摔倒在地上。

教員室內，還有其他拿著木間尺的魔物，趁著獵人們驚惶失措便一湧而上。

「後退！先離開教員室啊！」失去一隻手臂的獵人戰力大減，揮舞武器時難以平衡。失去一隻腳的更慘，只能滑稽地單腳跳來跳去，根本是在搞笑而不是戰鬥。所以獵人們只能選擇先行撤退。

然而，二樓的空間比一樓狹窄得多，在教員室外的獵人仍未知道發生什麼事。前無去路後有追兵，「啪啪啪」的清脆響聲此起彼落，最後排的獵人都被長間尺敲昏。

「弱者才會逃跑呢。阿九，質數！」佳奧以單腳站立，手腳全數健在。

單腳站立的阿九五指間夾著三把匕首，上面已塗有不同顏色的液體。手一揮，綁著堅韌魚絲的匕首射出，正中三隻魔物的眉心。

【由於兩人組隊，分數平分】【阿九＋4.5分】【佳奧＋4.5分】。

「為什麼……他們沒事？」其他獵人訝異。

「滾開！弱者沒資格知道！嘿嘿。」佳奧曾有多次考核的經驗，這個學校副本的規則他已記得滾瓜爛熟。

莎瑪在二樓設置的【Game Host】規則如下：

「哀傷臉：有質數的東西能觸碰教員室的物件包括地板，數量精細程度視乎與魔物距離。例：兩米以外計算四肢數量，一米以內計算五官、手指……等違反規則肢體會被奪去，直到合乎質數為止，數量亦會視距離驟減。」

「四塊臉的魔物要怎樣處理？」阿九發問。

「跟牠保持距離就可以了，先將雜碎清理之後再來解決牠就通關了！」佳奧頓了一下，指向像猴子般倒立用雙手閃過長間尺攻勢的奇諾斯：「我們先將他的分數搶過來吧。」

「好。」

在教員室的魔物都被消滅後，四臉魔物就會進入第二形態，但佳奧沒打算將重要的情報告訴阿九，因為到了那個時候，他打算從後推阿九一把，將他的分數奪過來。

這樣的話，應該就有足夠的分數通過考試了。

「啪！」奇諾斯的臉多了一條燙熱的紅痕。

「哎！痛死人了！」奇諾斯雙手一撐，彈上半空，尋找四臉鬼的位置：「找到你了！」

奇諾斯坐上書桌，技能【造物主】發動，像炮彈一樣飛撞向四臉魔物。

「質數！」哀傷臉直盯著奇諾斯，雙眼綻放紅光。

數量計算的精細程度視乎距離。

奇諾斯高速逼近，左半邊視野突然變得漆黑一片。

「幹！到底什麼是質數啦！」奇諾斯沒接受過正統教育，再加上他是個數學白痴，對質數毫無概念，只知道繼續逼近！

「我一定要痛扁你這隻可惡的四臉怪！」奇諾斯已掄起拳頭。

突然，他感覺到握拳的手感有點怪，定睛一看，手指只剩一根……中指。

「幹幹幹！」奇諾斯乾脆豎起中指示威。

與四臉魔物的距離只剩不足一米。

「質數數數數！」哀傷臉張大嘴巴，喉嚨深處發出高能量強光。

牙齒消失、腳趾消失、右臂、鼻孔、嘴巴……奇諾斯整個人快要被拆成碎片。

終於，來到魔物面前。

「警告你別再舔我的腳啊！」奇諾斯扭動身體，以全身的力量揮出拳頭。

「碰」的一聲巨響，四臉魔物被揍飛，撞倒十多隻魔物後再撞上教員室的牆壁才停下來。

奇諾斯的身體恢復原貌。

哀傷臉的臉頰凹陷，失去意識。但魔物仍重新站起來，頭部像齒輪一樣喀喀轉動，換上另一張猙獰的笑臉。

「小心，接下來是中文課！」佳奧提醒。

「小時候我每次中文考試都不合格……」阿九擺出苦瓜臉。

★★★

「呵呵呵，竟擁有這麼有趣的能力，但影響其他同學享受考試的樂趣可不行喔。」

在奇諾斯發動【造物主】時，莎瑪就察覺到了。

就如同尼德霍格所推測，整個學校副本都包裹著莎瑪的魔力（加上她的霸道氣場），所以能命令副本內的魔物對她唯命是從，利用她的【Game Host】能力在各層設置不同的規則。

莎瑪操控魔力，強行將【造物主】無效化。

「哎？」坐在飄浮書桌上的奇諾斯被狠狠摔了一跤。

不知何時，四臉魔物已來到他面前，那張獰笑的臉還伸出舌頭，舌頭上寫著一個「耳」字。

同時，奇諾斯已被幾個拿木間尺的魔物逼近。

「滾開！」恢復身體的奇諾斯，想將魔物轟退，才發現他全身都沒法動彈。

「答錯了，罰站兩分鐘。」四臉魔物說。

魔物們將奇諾斯團團包圍，木間尺高舉過頭。

佳奧搗住嘴巴，跟阿九打眼色示意。

阿九緊握匕首以箭步踏前，向著奇諾斯走過去。每走一步，他都低聲吐出一個字：

「聽、取、恥……」

奇諾斯使盡全身氣力，臉紅頸部筋脈暴現，依舊沒法移動。魔物們四方八面將他團團團住，數十把木間尺不斷砸落，幸好致命攻擊被隱形的尼德霍格擋下來。

然而，亦因為他動不了，所以注意不到身後有人稍稍接近。

「聰、耵、職……」阿九突然停下動作，思考適合用的字：「我有點詞窮了……」

阿九已到達匕首能及的攻擊範圍，但奇諾斯被魔物包圍，反而給他一個厚重的肉盾。

「阿九小心，舌頭的字變了。」在遠處觀察的佳奧說。

在教員室的大部分獵人都跟奇諾斯一樣，仍未搞清楚遊戲規則，所以都像石雕一樣被「罰站兩分鐘」，魔物亦沒放過這個機會，毫不留情對著這些動彈不得的箭靶進行攻擊，部分獵人被揍得失去意識仍保持著站立的姿勢。

「哈哈哈哈哈，不懂中文的全部都要罰站！」四臉魔物的獰笑臉發出高亢笑聲。

【Game Host】規則如下：

「獰笑臉：舌頭上顯示著不同的字部首，在教員室範圍內，必須說出相關部首的字詞，才能移動一步。如果說錯字部首或擅自移動了，會被罰站全身沒法動彈，罰站的時間會隨著犯錯的字數延長。」

阿九瞥見魔物舌頭上寫著一個「足」字。

「這個簡單很多。跳、躍、趺……」阿九繼續踏步往前，尋找可以攻擊的縫隙。

「再這樣下去不行呢，要想個辦法，我快要被敲昏了。」奇諾斯咒罵。
「學好一點中文不就行了嗎？」尼德霍格說。
「你懂？」
「人類的文字太醜，我不屑學。」
五分鐘罰站時間結束，奇諾斯摸著頭頂上的腫包。
「我剛才偷聽到那個倒三角眼，對你屁股很有興趣的那個人類跟他隊友說話。」
「佳奧？」
「嗯。」尼德霍格將獰笑臉的規則告訴奇諾斯。
「好！我試試！」奇諾斯眉頭緊鎖，從腦海中尋找字庫。
此時，身後的魔物握著木間尺往前刺擊。奇諾斯想避開攻擊，大喊：「簽！簽字！」
「答錯了，足字部，不是竹字部，罰站十分鐘。」獰笑臉說。
「有沒有搞錯……哎呀！」被木間尺刺中後腹，痛得奇諾斯呱呱大叫。
「唉……」
雖然攻擊對尼德霍格來說不痛不癢，但一直挨打，對象還是低級魔物，尼德霍格的自尊心不容許這種事情發生。

而且，牠眼角餘光瞥見阿九的匕首反射的銀光。

「奇諾斯小子，見識到了吧？以前你窩在那個公廁副本，遇上的都是一些雜魚獵人。現在才是獵人們的真正實力。」

「可惡……是這技能太卑鄙了！」奇諾斯緊咬著牙。

「沒錯你的能力的確很強，但只能躲在副本內使用，現在還被壓得死死呢。」

「我自然會想辦法！」奇諾斯後腦被砸了一下差點當場昏倒。

「你知道為什麼會敗給那騎掃把的人類女性嗎？因為你自身沒法產出魔力，這是無法補救的硬傷。就像一個滿布細孔無法盛水的花瓶，就算外表看起來多漂亮也沒用，任何鮮花放在你身上都會枯死。」

「你比那四臉魔物更煩人呢。」奇諾斯正臉吃了一記刺擊，鼻血如泉水般噴出。

尼德霍格喋喋不休在說教，只要牠肯出手，絕對能在半秒內摧毀整個副本，但牠想給奇諾斯一個教訓再出手相助。

也差不多了，尼德霍格心想。

要是讓其他魔物知道堂堂尼德霍格敗在這種低級副本，會淪為笑柄呢。嘿嘿，我就破例……

忽然間，尼德霍格僵住了。

因為……牠感覺到之前在魔力測試時借出去的魔力，一秒之間抽乾了。全都被奇諾斯吸收了。

「怎、怎麼可能……」

「你給我閉嘴啦！煩死人了！」一陣強烈的爆風以奇諾斯為中心炸開，將包圍他的魔物全都吹飛到老遠，還有些撞破窗戶飛出學校。

【＋3分】【＋3分】【＋3分】【＋3分】……

「答錯了！你沒看清楚我要你唸出來的字嗎……呃？」四臉魔物張開喉嚨大叫，才發現牠的舌頭不見了。

「現在看清楚了，原來是足字部啊。」舌頭在奇諾斯手上。

「呔？咚？唱？對嗎？」奇諾斯慢慢走到四臉魔物面前。

「那……是口字部……」四臉魔物的頭顱轉動：「我不玩了，你們自己玩！」頭顱轉換到一張憤怒的惡鬼臉。

「我還沒跟他說完啦，叫他回來。」奇諾斯怒盯著惡鬼臉。

「是、是的……」

頭顱又轉回來，但那不是獰笑臉，而是一張陷入恐懼、喪失理智的臉孔。

「我不玩了，我不玩了……下課！下課！」

奇諾斯一手捏住四臉魔物的脖子，將牠整個揪起來。

一道飽滿的魔力包裹著奇諾斯，而且不斷往外擴張。

獵人的技能，根據個性與生活習性而展現出來，而在瀕死狀態或被逼至絕境的危急情況下，會開發出新的技能，但這種情況極為罕見。

在校外的莎瑪亦感受到她設下的【Game Host】被一股強大的力量撕破，她訝異得說不出話，掏出另一個布娃娃。

異界管理局情報中心，一個處理情報的人員突然站起來舉起手。

「我是莎瑪，你們最好盡快派人來看一下。不然我能保證，這次考試會搞出人命。啊對了，我要自首，我偷了管理局的情報賣給其他公會了。」

★★★

「阿九，看到了嗎？趁現在動手，我們兩個人都能合格了！」佳奧認為現在就是偷襲良機。

阿九點頭，現在所有魔物都被清空，奇諾斯的弱點完全暴露了。

阿九橫手一揮，匕首射出，以尾指輕輕牽著匕首末端綁住的魚絲，以調整飛行角度。

匕首不偏不倚朝奇諾斯飛去，只要割斷頸動脈，或將毒液注入頸椎，就死定了。

真對不起啊，雖然跟你無冤無仇，希望你下輩子投胎做個好人。阿九在心裡替奇諾斯默哀。

匕首飛進那股包裹著奇諾斯的能量。

奇諾斯緩緩回頭，用兩隻手指就拈住匕首。

「這是什麼？」奇諾斯問。

阿九拉扯魚絲，發動他的技能【細胞首領】。

「煩死了，上課唸書很煩，跟其他人合作也很麻煩。可是我不應該抱怨，默默做事就行了，本來我不想使用，畢竟這技能很丟臉，可是沒辦法。我是逼不得已，請原諒我……」阿九每次緊張的時候都會喋喋不休。

每次使用技能，都令他緊張兮兮。

【細胞首領】是阿九的專屬技能，亦是他將所有匕首都綁上魚絲，纏滿身上的原因，不這樣做的話沒法發動技能。

很多人以為他眼界神準，百步穿楊，但他只能射出匕首才能擊中目標，若給他弓和箭，只會落得隊友整個背部都插滿箭的悲慘下場。

技能【細胞首領】，能使阿九的身體有意識地控制並移動每一吋肌肉、骨骼、器官、甚至細胞。

移動的限制在於血液，當血液無法流通，就代表跟那塊肌肉永久斷開連結，沒辦法恢復原貌。

而這亦是技能的弱點，肌肉和骨骼本身沒有任何攻擊力，所以阿九從來不向其他人透露他的能力，將細小到肉眼幾乎看不到的肌肉黏在匕首的魚絲上並加以控制，就能確保匕首百發百中。

就算被敵人切斷連結，也頂多像是受到蚊子叮咬程度的傷害。

然而，此時的奇諾斯看得一清二楚。

「有東西黏在匕首上呢……」奇諾斯拿著匕首端詳。

「竟然被發現了？真丟臉！」身上的肉被凝視著，使阿九全身都起了雞皮疙瘩。

【細胞首領】發動，匕首像跳出魚缸的金魚一樣瘋狂掙扎，在半空中高速旋轉甩開奇諾斯的手。

「掙脫成功！偷襲！逃離現場！」阿九欣喜。

奇諾斯反應不及，手指被割傷了一道小傷口。

「這種毒液只需要一小滴，連恐龍都受不了！」阿九拉扯魚絲，讓匕首返回手中。

然而，阿九的掌心多了一個半厘米正立方體的傷口。

「我從小就被史萊姆訓練，所以對大部分毒液都免疫。」奇諾斯的手上多了一小坨肉塊，他盯著阿九：「這是你的能力嗎？真有趣呢。」

「怎麼可能？」阿九相當訝異。

「你在我的地盤，任何東西都是屬於我的。」奇諾斯冷冷地說。

「你沒事吧？」此時佳奧走到阿九身邊，觀察他的傷勢。

「真麻煩，完全搞不清他的能力呢，早知道今天就不來考核了。」阿九驚魂未定地說。

考生斯諾奇，二層通關【+50分】。

此時，學校的廣播宣告奇諾斯通關並獲得分數。所有進入學校副本的獵人，都能看到各自的分數。

一層通關時，奇諾斯帶著【50分】來到二層，爆發小宇宙時將四隻倒楣的魔物吹飛到校外：【+12分】。被奇諾斯欺凌到哭的四面魔物被打倒後宣布通關。所以，現在奇諾斯的分數是…

【112分】。

「嘩~原來我超過一百分了！」奇諾斯心算得出的答案是92分，如今多了整整20

分，感覺賺到了。
以往在這場考核中，最高分數的都會遭到針對，分數愈高意味著成為其他獵人的眼中釘。但奇諾斯剛才的表現，加上頭頂顯示的分數，讓很多獵人直接做了退出考試的打算。

「人類小子，你最好給我解釋一下剛才到底發生什麼事。」尼德霍格這時開口了。
「我也不太清楚。不過……」奇諾斯豎起拇指說：「感覺身邊所有東西都能據為己用。」
「這裡不是你的副本，也能使用這技能嗎？」
「嗯，但範圍有點小，而且要維持著那個狀態很累。」
「當然累啊，你把我借給你的魔力一下子用光了……」
尼德霍格之前把92700的魔力借給奇諾斯，而現在他體內的魔力殘量是0。竟在短短數分鐘內，消耗掉大約二十名獵人的份量。
跟在第一層通關時狀況有點不同，魔物並沒有站起來像值日生一樣將砸爛的地方清理乾淨。四臉魔物更像被欺凌過後的小孩般，抱著頭蹲在角落瑟瑟發抖。
沒人能解釋當時的狀況，奇諾斯的異變在一瞬間發生。首先是波及整個二樓的魔力爆炸，用純粹的魔力去抵消莎瑪的【Game Host】。

然後，爆炸又在剎那間極限濃縮成一個肉眼看不見的能量球，以奇諾斯為中心慢慢擴張，奇諾斯在能量球所觸及的範圍內能任意奪取。

這全都是奇諾斯在危急關頭獲得的新技能的效果。

【霸者掠奪】：在範圍內的所有東西都能據為己有，缺點是範圍太小，維持技能需要極龐大的魔力消耗。

第五章

經過剛才壓倒性的戰鬥，又勸退了一部分獵人，決定前往三樓繼續考試的獵人只剩十多人。

奇諾斯威風凜凜地走在最前面，正要踏上樓梯之際，他發現樓梯旁有另一條狹窄的暗道，寫著：「往禮堂捷徑，只限一人通過。」

奇諾斯靈光一閃。

「嘿嘿嘿，我有一個計劃呢。」說畢，他便在其他人沒有察覺的情況下竄了進去。暗道隨即關上，變回一道普通的牆壁。

奇諾斯沿著幽暗的通道前進，在盡頭看到一道小暗門，他把門推開，眼前豁然開朗。

來到禮堂，除了寬廣的空間，前方盡頭是講台，對奇諾斯來說，是絕佳的戰鬥舞台。

驀地，講台的上方降落了一條紅色的蛇。

紅蛇蜿蜒爬行，以不疾不緩的速度爬到奇諾斯面前，頭抬高，吐出舌頭，發出嘶嘶的怒吼。

「守護者嗎？」奇諾斯絲毫不感到威脅。

眼前的紅蛇體型只有普通蛇的大小，唯一特別的是牠在脖子的位置有另一個分岔，上面是一個平滑的切口。

紅蛇突然彈跳起來，張開嘴巴飛撲向奇諾斯，奇諾斯警戒地一個反手便將牠打開。

紅蛇掉到地上，頭部斷開奄奄一息。

「這麼弱？不會吧？」

紅蛇的身體抖動，在眨眼間體型比之前巨大了兩倍，斷頭的切口生出了兩顆頭顱。

「小心點，牠是九頭蛇，不管你怎樣攻擊都不可能殺死牠，因為牠的頭會重新長出來，體型和力量也都會變大。」尼德霍格道出真相。

眼前的九頭蛇長出兩個活潑的頭顱，向奇諾斯吐出舌頭。現在牠的體型跟奇諾斯一樣高，軀體也壯碩了不少。

九頭蛇的額頭上，還刻有數量「壹」和「貳」。

「來啊來啊！」奇諾斯慢慢退後，眼睛偷瞟了一眼上方。

九頭蛇「嘶～」一聲，還是跟之前一模一樣的飛撲攻擊，只是來勢更迅更猛。

但這種速度奇諾斯依舊能輕鬆避開，他一拳打在地上，砸出一個大坑洞，然後往後躍開，九頭蛇大半軀體陷進坑洞，只有兩個頭顱在不斷晃來晃去。

沒想到這麼簡單的陷阱竟然奏效，奇諾斯樂吱吱地笑著，順勢發動【造物主】操縱副本的布置。

「喀吱」一聲，禮堂天花板的十多把巨型電風扇鬆脫，全數掉下來砸在九頭蛇身上。

「通關！通關！太簡單了！」奇諾斯樂不可支。

「嘶……嘶嘶嘶！」在揚起的灰塵後，隱約出現一個巨大的身影。

九頭蛇冒出四顆頭顱，每顆蛇頭都長出了像羊角般的硬角，身軀巨大得連每一塊鱗片都清晰可見，看起來像盔甲一樣堅硬。

跟之前一樣，牠們額頭上都刻有文字，「壹」、「貳」、「叁」、「肆」。

「煩耶，怎麼會打不死啊！」奇諾斯哀號一聲。

「你到底有沒有聽我說話啊蠢才？」尼德霍格吐槽。

額頭寫著「肆」的蛇頭像矛一樣突擊，奇諾斯才回過神，肆號已在他面前張開血盆大口。

奇諾斯本能反應抓住兩隻長長的毒牙，奮力一扭，將蛇頭摔在地上。

他掄起拳頭灌注全力，正打算給肆號補上一擊，化成披風的尼德霍格忽然勒緊奇諾斯的頸，像勒緊馬匹的轡繩將奇諾斯整個人拽開。

「咳咳！放開我！你快勒死我了！」拳頭落空，奇諾斯懸掛在半空。被摔得有點暈眩的肆號甩一甩頭。

「咦，奇怪了……」奇諾斯注意到眼前肆號額頭的數字變成了「叁」。

「這就是九頭蛇的特點，每長一顆新的頭顱，都比之前的更難應付。要殺死牠就必須將所有頭顱同一時間打倒才行，但你已經錯過這個機會了。」

「我剛才明明有把牠們兩個頭都砸碎了！」

此時，壹、貳、叁號爭先恐後衝上去想將奇諾斯撕開八塊，尼德霍格只好帶著他在半空中左閃右避。

「牠額頭上的數字變來變去是什麼意思？為什麼會有兩隻『參』號？」奇諾斯問。

「那個是叁字……」

「那為什麼不用『三』，煩死人了！」奇諾斯想用腳去踹，但被尼德霍格早一步拽開了。

「額頭那些數字不是編號，而是擊中牠的次數，剛才的『肆』是指要擊中牠四次，那顆頭顱才算真正的倒下。但如果你沒辦法將所有頭顱同一時間擊倒，牠便會重新長出兩顆新的頭顱，所以要同時打倒所有蛇頭根本沒可能……」

「小子，趁現在逃出去吧，反正你已經有足夠的分數通過考試。你來這裡的目的只是要考到獵人執照吧？」

尼德霍格說到一半停住了，因為牠注意到奇諾斯根本沒在聽，他聽完關於九頭蛇的介紹之後……

他的雙眼在發亮！

「我決定了！」

尼德霍格有不祥的預感。

「喂！大笨蛇！我要你當我的手下……咳咳！喂！不要勒住我……」

尼德霍格乾脆將奇諾斯整個人包裹起來，然後在地上拖行，希望能讓他的腦袋清醒一下。而奇諾斯輕聲說：「放心，我已經有計劃了。」

「你的計劃每次都沒好事。」

「放心，我跟魔物相處這麼多年，很瞭解牠們的習性啦！」奇諾斯豎起拇指。

「別向我求救就好……」尼德霍格對他的計劃感興趣，便把他放開。

「不～尼德霍格大人，我需要你的魔力啦～」

「嘖，還不是要靠我。」

奇諾斯感覺到一陣酥麻的力量灌注全身，他的精神也抖擻了起來：「我們來好好打一場吧！但記住了大笨蛇，要是你輸了，要做我的手下。」

九頭蛇不置可否，尾巴奮力一蹬，四顆頭像炮頭一樣衝向奇諾斯。

一顆九頭蛇的頭顱咬住他的手，另一顆頭咬住他的右腳，只要使勁一甩，便可將奇諾斯分屍。

【霸者掠奪】，發動！

一陣透明的能量以奇諾斯為中心擴散開，形成一個保護罩。

範圍雖小，但只要闖入這個絕對結界，奇諾斯便能將任何東西掠奪為己有！

奇諾斯發現，控制九頭蛇比起反操控莎瑪的【Game Host】，所消耗的魔力更少。

看來使用【霸者掠奪】的魔力消耗，與結界闖入者的強度有關。

九頭蛇一臉錯愕，不受控地將嘴巴完全張開，奇諾斯慢條斯理地用牠們的舌頭打了個結。

額頭寫著「壹」的蛇頭舌頭斷開，命喪當場。

其餘蛇頭的號碼亦有所改變。

「貳」→「壹」，「叁」→「貳」，「叁」→「貳」。

接著，奇諾斯使用【造物主】將電風扇捏成一把長劍，以扇葉當成劍刃。

【霸者掠奪】解除，蛇頭使勁掙扎但結愈來愈緊，奇諾斯躍起，再一刀將剩下三顆蛇頭斬下。

然而，只有一顆頭被順利斬下來，還有兩個額頭變成「壹」。

「還差一點，再來！」奇諾斯正打算補刀，卻被背後強大的衝擊力撞開。

「你太慢了，牠們已經恢復過來了。」

奇諾斯被撞飛到禮堂講台上，他站起來拍掉身上的灰塵，用手指數著眼前的九頭蛇的頭顱：

「壹」、「壹」、「伍」、「陸」、「柒」、「玖」。

「唔？捌號呢？還沒睡醒嗎？」奇諾斯凝視著從一開始就存在，那個切口光滑的頭顱斷口，一瞬間就明白了。

「喔喔，難怪莎瑪說不用擔心副本會因為打贏守護者之後會消失，我想捌號應該被她監禁在某個地方，所以……根本沒辦法同一時間打倒所有頭顱！」

奇諾斯猜得沒錯，相信沒人察覺得到，莎瑪的腰間，掛著一個蛇形的布娃娃。

那是她的第二個技能【降頭娃娃】，能夠將生物的魂魄困在娃娃內，隨時聽候莎瑪差遣。

「人類的女人果然是最狡猾的生物！」尼德霍格聲音透露怒意。

★★★

幾年前，一間位於鄉郊的小學，下課鐘聲響起，但操場一片寂靜，沒有學生爭先恐後地跑出來。

有家長想探知個究竟，但走近校門便發現……進入校舍的大門玻璃窗染上一層黑幕。

原來，校門變成Ｃ級副本了，校內有上百名學生及老師被困，這間學校的學生全都是住在附近村落的居民，該村落盛產芒果，但都是廉價芒果，味道不太討喜，由於價格便宜，吸引了工廠大量購買製作果汁飲料。

大部分的村民都是果農，其餘的則是運送芒果的貨車司機。

簡單而言，就是一條即使消失也沒太多人覺得惋惜的貧窮村落。

通常這種低級副本出現，自然會有獵人爭著處理，畢竟危險性不高，賣掉魔物身上的資源亦能掙取微薄的利潤。

不幸的是，這小學的位置太遠離市區，一來一回連車費都賠了，即使管理局已發出任務，也沒獵人願意承接。

村民叫天不應叫地不靈，不斷通報管理局，得到的回覆都是：「請耐心等待，我們會處理。」

此時，剛渡假回來的莎瑪從天而降。

「求求妳……救救我們的孩子。」

莎瑪騎著掃把飛進副本內，她只花了不足一分鐘，便將被魔物襲擊的學生與老師搜救出來，集中在教室內。

「現在沒辦法離開副本，你們待在這裡別亂跑，等我將所有魔物都清掃乾淨後，副本的屏障就會消失了。」

語畢，莎瑪在教室門外將魔力灌注在掃把上，再用技能【Game Host】輸入規則「打倒範圍內主動靠近教室的生物」。

接著，她追蹤著強大的魔力波動來到禮堂，遇上只有巴掌般大的九頭蛇。

「哎喲，沒想到會在這裡遇到傳說級別的魔物呢！我早就覺得奇怪了，這個副本全都是低級的魔物，怎麼可能會是C級呢，原來是你把等級拉高了。」莎瑪看著九頭蛇說。

半小時後，九頭蛇的身軀幾乎塞滿了半個禮堂，莎瑪在半空中高速盤旋，躲在後方以分身魔法擾敵。

九頭蛇張嘴，噴出火柱掃蕩，半數幻影瞬間蒸發。莎瑪只好以魔力補上新一批幻影持續佯攻。

「真難搞。」連莎瑪這種Ｓ級獵人也陷入困境，相信得靠「十二獸」到場才能將九頭蛇解決掉。

但莎瑪知道，就算請求管理局支援，十二獸也不會紆尊降貴跑來這種地方。

她深呼吸一口氣，像貓一樣伸展筋骨：「大姐我也很多年沒試過出盡全力了。」

【五雷轟頂】！

奪目的強光從內部發出，響徹天際的打雷聲撼動整間學校。

數以萬計的雷擊打在九頭蛇身上，轟得牠沒法復原。然而，每一道雷之間仍有細微的時間差，因此沒法將九頭蛇徹底殺死。

莎瑪早就料到這種情況，將九頭蛇削弱到足以使用技能【降頭娃娃】的程度，便將牠其中一個頭顱封印起來。

既然副本沒辦法消除，只好將整間學校打包帶回管理局，動用了局內最先進的儀器，加上動員數百名獵人的魔力，才終於將副本屏障消除，將學生與老師救出來。之後，莎瑪便在各樓層加入規則，成為獵人考核的一部分。

★★★

如今，奇諾斯也面對著差不多的困境，除了被莎瑪封印的九頭蛇頭顱外，其餘八個頭顱已全部生長出來，背脊突出的骨刺充滿威脅地抖動著。

「你說的計劃該不會是向我求救吧？」尼德霍格問。

「才不會。」奇諾斯回。

「相信我，現在的你沒法打倒牠。」

「我沒說過要打倒牠啊，我要牠當我的手下。」奇諾斯故意補充：「就跟你一樣。」

「嘖。」

九頭蛇似乎忍受不住兩人的閒聊，熾熱的火焰在牠的喉嚨蓄勢待發，火光如同蛛網般在牠的鱗片底下擴散，禮堂的木地板也在滋滋作響開始燃燒。

奇諾斯利用披風隱形，下一瞬間，身影乍現在九頭蛇的上方。

「看我的！」奇諾斯拿出他的出血匕首，朝其中一顆蛇頭連環刺擊。

「玖」→「壹」。

九頭蛇揮動尾巴反擊，奇諾斯來不及閃避，硬吃了一記，整個人像彈珠一樣往禮堂內飛撞。

停住去勢後，他咬著牙關避開其中一顆蛇頭的噬咬，反握匕首從頭頂一直刺到背脊。

「柒」→「壹」。

身後感到灼熱，奇諾斯回頭，一道火柱已在他眼前。

【霸者掠奪】將火炎奪去，反射給另一顆「陸」號蛇頭。

另一顆頭顱像鞭子般甩出，奇諾斯使用【造物主】令禮堂的地面凹陷，使九頭蛇失去平衡，然後順勢還擊。

九頭蛇憤怒吼叫，眼睛爆出火光。

「等等！大笨蛇，談判時間到了！」

「牠不像能冷靜跟你談判呢。」

「看看你們自己的額頭吧！」奇諾斯說。

九頭蛇各個頭顱互相對視，牠們終於察覺到，全部的額頭都寫著「壹」字。但是，這不代表什麼，還是必須在同一時間斬斷所有頭顱。

「我早就注意到了，你們每次長出新的頭顱，身軀的動作都會變慢，而且需要一段時間適應。再說你們每個頭跟其他頭顱都毫無默契，那就表示你們不是不死身，頭顱被斬下，還是會死吧？」

九頭蛇錯愕，眼睛的光火熄滅。

「喂，可以給我解釋清楚嗎？」

「牠們並不是重生，而是替換。就像可以無限替補的足球隊一樣，球員受傷退場，換上新的球員，在外人看起來，他們都是同一支球隊，但實際上他們是不同的球員。」

「所以……？」尼德霍格還是聽得一知半解。

「所以牠們也不想死。」

「……」

奇諾斯轉向九頭蛇：「誰不聽話，我就把牠殺了。就算長出兩顆新的頭顱，我還是一樣會讓牠們選擇，直至你們全部都同意當我的手下為止。」

九頭蛇面面相覷，奇諾斯沒有催促，耐心等待。

終於，其中一個蛇頭伏在地上，用舌頭舔了一下奇諾斯。

「其他人呢？」

其餘的蛇頭也陸續伏在地面上，奇諾斯走過去，輕摸牠們的鼻子：「嘻嘻，太好了。」

「小子，真有你的。但牠始終是那人類女人的寵物，你打算怎樣將牠們帶走？」

談判成功，九頭蛇已乖乖被奇諾斯馴服，但他似乎沒打算利用技能【馴化】將九頭蛇收歸門下。

所以接下來的問題是如何將九頭蛇帶走，尼德霍格瞟了一眼胸有成竹的奇諾斯。這小子該不會又有什麼瘋狂的「計劃」吧？

「喂，你應該還記得魔物能在學校自由活動的原因是因為這裡是副本吧？」

「其實也不算自由活動，牠們全都被莎瑪控制住，正如沒人會覺得在辦公室裡被上司老闆奴役的上班族是自由的吧。」

「我的問題是……」

「嗯嗯，我知道，你的意思是我不可能將魔物打包帶走嘛。放心，我早就有計劃了！嘿嘿！」

「老實說，我已受夠了你的計劃。你的計劃只是臨時想出來，然後當有人問你『你該不會沒有計劃吧？』再用來搪塞過去！」

「忘了嗎？我跟你打架的那次，我可以從你創造出來的空間開門返回我的副本。所以照道理，在這裡也可以！」

「你、你打算……」

「沒錯，我打算直接將九頭蛇帶回我的副本！不過現在我不使用【馴化】是因為我的計劃還差一步！」

「算了，隨你喜歡。」尼德霍格從披風下吐出焦煙，放棄猜測奇諾斯的腦袋到底在想什麼。

「好！九頭蛇，你先進去吧，待會我們來辦個迎新派對！」說畢，奇諾斯隨意從禮堂打開門，裡面是他擁有的副本。

「嘶嘶～」九頭蛇宛如特效般發出「碰」的一聲，煙霧四起，變回一條只有手掌大的小蛇。

「對嘛，這樣比較可愛！」

九頭蛇聽話地蠕動身體滑進門內，隨即門內發出一陣哥布林的驚呼聲。

「牠是我的新朋友，等會我再跟大家介紹吧。」奇諾斯往門內大叫後便關上。

此時，頭頂傳來下課的鐘聲及廣播聲。

考生斯諾奇，守護者房間通關【＋100分】考試正式結束，請各考生返回操場。

當奇諾斯返回操場時，莎瑪已經不知所蹤，由於已離開校內範圍，【Game Host】效果失效，已看不到其他獵人的分數。

等了一陣子，穿著管理局制服的工作人員來到操場，手上拿著筆記板。

「這次考核達100分的考生共有六位，等會叫到你名字的人請跟我過來。其餘的獵人請先行回去，受傷的話我們會有專人為大家治傷，也希望各位不要氣餒，管理局定期會舉辦獵人考試，獵人的大門隨時都會為大家打開，請加油。」

「啊！對了！考官莎瑪小姐因為臨時有急事要先行離開，對於這次考核，她有話要我跟大家說……呃……她是這樣說的……咳咳。」工作人員清清喉嚨盯著筆記板後有點緊張地開口：

「這麼簡單的考試都不合格，回家吃奶吧，廢物。哈哈哈哈哈……就這樣。」

接著，工作人員又換上一副和藹的笑容：「好了，請合格的考生跟我去領取你們的獵人證。斯諾奇、阿九、佳奧、史東托尼、瞬、還有……尼德霍格。」

奇諾斯瞪大雙目，下巴幾乎掉到地上，輕聲詢問：「我、我沒有聽錯吧？」

「那狡猾的女人早就察覺到我的存在了。」尼德霍格也默默驚訝。

跟著工作人員前往下個場地的只有五個人，他們都一頭霧水，除了一臉訝異的奇諾斯。

離開學校後，他們乘坐升降機來到一個類似辦公室的地方，穿制服的人們熙來攘往，大家都好像忙著各自的事。

跟隨工作人員走到盡頭，進入一間類似會議室的房間，中央放著一張大圓桌，五名獵人各自找了個座位坐下，阿九走到奇諾斯身後說：「那個……那個……大家都是競爭對手，腎上腺素飆升的狀況下，互相廝殺與背後暗算也是理所當然，希望你不要介意，有過這次從死門關逃出來的經歷，你一定會變得更強。現在大家都是獵人，將來一定有機會碰面，我單是想到那個尷尬畫面我就……」

阿九有社交障礙，一緊張就說個不停，還會不自覺講些傷害人的話，難怪他從小到大都沒朋友，幸好奇諾斯打斷了他。

「嗯，我沒放在心上，畢竟那是毫無威脅可言的攻擊，你也不會對半夜的蚊子記恨吧？」

「那太好了，你把我的細胞奪去的事我也不會放在心上，你形容得真好，那也是蚊子叮到的傷害。所以下次有機會碰面的話，我們就……」阿九伸手想跟奇諾斯握手。

「我們就打個至死方休吧。」奇諾斯用力握回去。

「嗚，我不是這個意思！」阿九很無奈。

「話說回來，真沒想到你也會在這裡呢，我以為你會故意不合格，然後繼續欺負新獵人。」奇諾斯盯著坐在對面的佳奧。

「嘖，我馬上就會把獵人證賣掉然後重考，這次考試被你弄得一點也不有趣。」佳奧不愉快地回道。

此時，另一個年紀老邁，身材矮小的工作人員走進會議室，打斷了兩人的對話：

「呵呵，一個初階E級獵人證可賣不了多少錢吧？人生匆匆，倒不如努力鍛鍊自己，挑戰更高級的副本，為人們的生活安全奮鬥，不是更有意義嗎？」

矮小的老人幾乎要爬上椅子，他手上拿著幾張獵人證吸引了眾人的目光。

「裝什麼冠冕堂皇，我只對賺錢有興趣。」瞬一臉不屑地說。

「你也該為自己擁有這個能力而感到恩惠呢。自從人類世界在某天突然出現大量魔物的副本，不斷占據人類的土地，人類的軍事武器就變得不堪一擊，幸好魔物沒辦法離開副本，大敗的人類才有機會重整旗鼓，被逼至絕境的人們更引發出展現個人特質的技能，以及開始運用大自然力量的魔力，才能跟萬惡的魔物抗衡。」

「所以說，如果魔物能離開副本，管理局就會玩完了嗎？」奇諾斯發問。

「目前我們仍未搞清楚為何副本會出現，還有到底為什麼魔物沒辦法進入人類世界，我希望這天不要來臨，但我們也會結集眾獵人的力量奮力抵抗。」

「嘿嘿，小子，你希望聽聽另一個版本的歷史嗎？」尼德霍格突然出聲。

「另一個版本？」

「魔物的版本！」

天地混沌初開，創造神給這個空間開了個玩笑，就像小孩剛拿到蠟筆一樣，在純白的畫紙上亂畫一通，只得一隻眼的巨人，半人半馬，手執雷電當飛鏢的老人，頭髮全都是蛇的女人，頭顱不斷重生的大蛇……

這些怪異至極的生物在短短七天內被不負責任地創造出來。創造神很想知道，存在這麼多有趣的生物，世界會發展成怎樣。

但事與願違，這空間不單沒有發展，還成為了互相廝殺的戰場。你看不爽我有六條手臂，我看不慣你只得一隻眼。

有些生物自稱為神，亦有生物只沉醉於殺戮的快感，誓言要成為最後站在戰場的勝利者。

創造神看不下去，決定要好好整頓一下，收拾殘局。

「創造神？我沒聽過這個名字，我才是唯一的神！」老人雙手各執一支閃電，白光亂竄。

創造神連看都沒看他一眼，雙手平穩地擺在身後。

老人大喝一聲，使勁擲出兩手的閃電，雷聲鼓譟，風雲色變，飛射向創造神。

創造神化成一道快速絕倫的白光，比閃電更快，身影掠過老人。

祂手上多了一個頭顱。

「神？」創造神覺得好笑。

祂降臨在空間之後，也受到同樣的對待，所有生物都不知好歹地對祂充滿敵意，而創造神用最霸道的恐懼教導生物乖乖聽話。

最後，創造神挖了挖鼻孔，挖出一顆世界之樹的種子放在地上。眨眼間，種子以爆發性速度茁壯成長，樹根貫通地底，枝葉把迷霧托起。最後，成熟的世界之樹便將天與地撐開——

「很悶啊，要說到什麼時候？略過略過！又不是輕小說的設定狂作者，連youtube廣告都可以五秒略過了，沒讀者喜歡看這種東西啦。」奇諾斯的眼皮差點闔上。

「給我專心點！」尼德霍格從披風底下伸出爪子戳奇諾斯的屁股，讓他痛得彈跳起來。

「這位考生有什麼事嗎？」負責講解獵人歷史的矮小老人皺起眉頭。

「沒、沒事……」奇諾斯摸著屁股坐下來。尼德霍格也沒有要停下這段講古：

給我聽好了！自此世界就一分為二。創造神把所有祂創造的奇異生物都打進地底，我也一樣被祂困在地底，世界樹的樹根封住了所有通往地面的通道。

後來你們人類稱呼我們為「魔物」，但其實我們才是真正的原住民，才不是工作人員說的那樣。

而創造神這次為了認真地看看祂創造的生物能發展到什麼地步，就在世界樹的內部創造了人類，不得不說，人類從穿著毛皮到現在，也真的發展得不錯。

但人類這種生物很弱，弱到爆！我咬穿了世界樹的樹根後，魔物大軍本來能輕鬆將地面變成遊樂園，圈養人類成為魔物們的糧食。

但因為維德佛爾尼爾這可惡又陰險的東西……

「那又是什麼東西？」奇諾斯好奇了。

「喂！那邊的考生，不要再自言自語了！」矮小老人抱怨。

那是一隻住在世界樹樹頂的老鷹，很愛拍創造神馬屁，而且偏愛人類，就是牠將魔力與技能賜給人類。如果你真的想向你父親復仇，一定有機會遇到牠。

「聽起來很強，那你有什麼可以賜給我？」

「閉嘴！」

沉悶的解說終於結束，那老人也剛好講解完畢，幾乎虛脫的他被其他工作人員送走，在他離開前，跟所有人說：「從今天開始，你們就是獵人了，請為人類奉獻你的心臟吧！咳咳！」

「嘖嘖，又不是《進擊的巨人》的調查兵團……」奇諾斯揶揄。

「我、我也喜歡看動漫……」阿九又走到奇諾斯身旁。

「噢是嗎？那你是動畫黨還是漫畫黨？」

「我通常只看動畫。」

「那我們就沒話好說了！」

「……」將每次對話都搞垮是阿九的特長，他垂頭喪氣離開。

奇諾斯跟隨其他人離開會議室，通過狹窄的廊道後，坐升降機落地面就能離開管理局了。

此刻的他累得幾乎站不穩，只想買一大桶炸雞，將冰凍的可樂灌進肚裡，再打一個臭嗝。

然而，當他回過神來，發現升降機內只剩他一個。

其他人在一瞬間消失了，剛才明明緊緊跟在後方的，阿九仍在碎念自己喜歡的動畫，試圖尋找跟奇諾斯的共通點。

奇諾斯抬頭看著升降機，樓層正在高速攀升。

「看來有人不想我們離開呢。」奇諾斯累得揉著肩膀。

升降機門打開，竟然返回剛才的學校副本禮堂。

「因為你把不該拿的東西拿走了。」

眼前站著一個穿著黑袍，拄著掃把的女人——莎瑪。

「我才不知道妳在說什麼呢。」奇諾斯說。

一眨眼，她就閃進奇諾斯面前。奇諾斯完全看不清莎瑪是如何接近他的，這已經不是高速可以形容，根本就在變魔術！

「你沒有撒謊的天分，是個好男人呢。」莎瑪瞇起雙眼打量著奇諾斯。

奇諾斯躍後拉開距離，稍微蹲低身子，做好隨時戰鬥的準備。

「我需要確認一下，你會成為我們獵人強大的戰力，還是礙眼的威脅。」莎瑪說。

奇諾斯雙手伸向前，催動體內尼德霍格借給他的魔力。

周圍的空氣鼓動，掌心一股無形的能量在凝聚壓抑。

「想用魔力來傷我，那算是一種侮辱吧？」

奇諾斯雙腳運勁，拔地躍起，腳掌魔力爆發，將他整個人往後高速飛射：「掰掰。」

剎那間，禮堂上方白光閃爍，響起低沉震撼的聲響。

是打雷聲！

快要逃到禮堂出口的奇諾斯，被一道從天而降的閃電貫穿身體，強大的力量震得他倒在地上，衣服胸口的位置焦了一大片。

「你不會比閃電還快吧？」莎瑪的指尖電弧繚繞。

「咳咳。」奇諾斯咳嗽出燒焦的氣味，眼前的莎瑪強得可怕，立於上位的獵人都這麼強嗎？真是令人既興奮又氣餒呢。

萬幸，剛才那一擊尼德霍格替他擋下了大部分傷害，不然現在胸口應該穿了個大洞吧？

真是萬幸……

計劃順利！

奇諾斯像蟑螂般彈跳起來，快速爬向面前的出口，打開門，逃進他的副本內。

「現在的小孩真不像話……」

半晌，門敞開。除了奇諾斯，身後還站著十多隻拿著武器的哥布林。

「喂，女巫！讓妳見識最強的哥布林！」奇諾斯大喊。

十多隻哥布林嘰哩呱啦的，牠們氣勢磅礡！

骷髏怪緊隨其後邁步狂奔，牠們喀喀作響！

牠們將手上抱著的史萊姆拋出去，牠們……

「噗滋！」身體在半空中被切成八塊，像果凍般散落在地上。

就在剛才，莎瑪用手指在半空輕輕畫了個交叉，便憑空產出兩道像利刃般的烈風，將史萊姆切碎。

史萊姆這種魔物沒有固定的形態，就算被切成百塊也能靠意識重新聚合在一起，想殺死牠們只能用火燒，或用熱水讓牠們融解。偶爾牠們還能合體變成巨大史萊姆，不過依舊沒什麼攻擊力就是了。

「毛毛蟲就算一百隻加起來也不會蛻變成龍！」莎瑪站在原地：「以為能以量取勝，太小看我了。」

「可是一百隻蟑螂加起來很恐怖啊！還是會飛的那種！」奇諾斯加速，哥布林矯敏的身影亂跳擾敵。

奇諾斯吹一下口哨，哥布林赫然像耍雜技般堆疊起來，成為一道綠色的移動牆壁。而他則躲在牆壁後方，尋找時機。

接近到攻擊範圍，便從其中一隻哥布林的雙腿間刺出他的出血匕首。只要能命中，就能讓敵方慢慢出血而死。

「無聊。」莎瑪依舊沒打算退讓半步，緊守住她那比山谷更高的尊嚴。她的手像握著一個小杯般，五指一扭一翻，一道龍捲風拔地而起，那道哥布林牆壁就瞬間被吹散。

奇諾斯的身影暴露，刺擊亦被風刃給擋開。

骷髏怪從天而降，牠們的骨骼組合成牢房將莎瑪困住。骷髏怪的骨骼是魔物界最堅硬的物質，很多獵人會用牠們的骨骼製作武器。

【白骨囚室】！

「喲呵！抓到老鼠了！」奇諾斯大喜。

「老鼠？你說誰是老鼠？」莎瑪氣定神閒，像入住新房子一樣參觀環境，然後伸手握住骷髏怪的頭骨：「快開門，不然我燒死你喔。」

她的笑容和藹又慈祥，聲音溫柔又……具有絕對的威嚇性！

莎瑪的掌心像燒紅的鐵般發出熾熱光芒，骷髏怪畏怯得牙關打顫，骨骼咔咔勒勒幾聲開始重新組合，從一個密封的牢房中變出了一道門，乖乖敞開。

「要不是那條臭黑龍幫你擋住我的一擊，你早就歸西了。斯諾奇，起初我還不知道你站在哪一邊，現在很清楚了。」莎瑪瞪向奇諾斯。

「妳才臭！人類最臭！」尼德霍格身分暴露，也不用再隱藏下去，奇諾斯圍著身子的黑色披風冉冉升起。

莎瑪斂聚心神，四周空氣鼓動，地面細沙碎石浮起，火舌與電光在莎瑪身邊縹繞。

「生氣的女巫真可怕，難怪以前的人要獵巫，還是說生氣的女人都很可怕呢嘻嘻。」總是一邊用言語戲謔，一邊思考作戰辦法的奇諾斯說道。

這次，他也終於得閉住嘴了。一陣焦熱的氣流吹襲而來，奇諾斯感到口腔內口水被瞬間蒸發，不禁嚥一口口水。

莎瑪化成一道快絕、有電光纏繞的巨型火球，狠狠地砸向他。

烈火飛騰、強光奪目、轟天爆響……同時衝擊著奇諾斯的感官。

「誇張……」熱浪讓奇諾斯連睜開眼也做不到，還能怎麼避開宛如末日級數的攻擊？

只見他伸出雙手迎向來勢凶猛的火球，他已分不清到底是地面被震動？還是遇見真正的強者而令他興奮得顫抖？他能確定的是，每個細胞都為了迎擊這一擊而咆哮！

這次奇諾斯為了降低魔力消耗，展開了一層包裹身體的薄膜，薄薄一片，就像貼在手機螢幕上的保護膜一樣。

【霸者掠奪】！

反正跟之前學校副本的情況不同，他只需要擋下莎瑪的攻擊就可以了。

火球轟下，沒有預期般的爆炸跟毀天滅地，就跟生日蠟燭被吹熄一樣，火炎跟電光都全數消失，剩下莎瑪一臉訝異的身影。

熾烈的光和熱沒有消失，只是轉移到奇諾斯手上。

「這、這玩意太炫了，令人真想大喊龜派氣功呢。」奇諾斯雙手捧著火球在手上把玩：「還給妳！」

太燙手了，奇諾斯有點不知所措，於是像排球托球般，雙手將火球推向莎瑪，才記得要使出龜派氣功需要有特定動作。

「我說過……別再用魔法來打我！」莎瑪勃然大怒，激發體內沸騰的魔力，用意念把無形的魔力揉成尖刺，將眼前的火球硬生生戳爆。

貫穿！爆炸！

強大的能量波崩潰，將兩人震飛。

奇諾斯率先著地，身子像豹一樣伏在地面，雙腳拔高躍起，瞬間來到莎瑪眼前。匕首以刁鑽角度連續刺出，莎瑪奮力用魔力將攻擊彈開。攻勢宛如細密的雨，莎瑪一下子找不到反擊的縫隙。

「小心地滑！」這是奇諾斯剛剛想出來的新招，他整個人蹲下，把史萊姆的碎片當成捕獸器丟向莎瑪的腳。

接著，史萊姆將身體融合，莎瑪的雙腳被緊緊黏在地上，令她動作遲鈍了一秒。

短短一秒，在高水平的戰鬥已是致命的時間。這不單對奇諾斯非常足夠，還有一隻在外圍等待時機已久的哥布林，牠以奇諾斯的背部作跳板，短劍畢直地刺向莎瑪。

「低等魔物！靠近我也是一種性騷擾！」莎瑪像撥開糾纏的蒼蠅般輕輕揮手，魔力令空氣產生強大亂流。

然而，莎瑪的預期再次沒有應驗，那隻哥布林理應抵受不住強大的魔力，像卡通奸角般飛到半空變成星塵……

並沒有，哥布林的短劍已刺到鼻子！來勢洶洶！

同時，奇諾斯繼續從下方偷襲，莎瑪本能反應，集中注意力在奇諾斯的攻擊上，以十成的魔力抵擋，才驚覺奇諾斯的攻擊比想像中更軟弱無力，只是單純的蠻力一擊。

太奇怪了不合邏輯沒法理解不可理喻！莎瑪內心跳出彈幕式咒罵，感到厭煩。

這全都是奇諾斯技能【垂直天秤】的效果，技能除了可以將敵方的攻勢轉化成能力加持，更能隨意將能力轉送給他已馴化的魔物。

依照常理，當然是把魔物大軍受到的攻擊轉化成能力加持，再加到自身上。

可是奇諾斯從來不按常理出牌，所以他把所有加持的能力都轉移給那隻哥布林了。

簡單來說，現在這是一隻史上最強的哥布林。

來不及使用其他魔法擋下這直接粗暴的短劍刺擊，莎瑪只好急步退後，腳尖所觸及的地板，冒起一道冰牆將哥布林冰封住。

面對低級的魔物哥布林竟然被迫後退，使莎瑪耳根發燙，內心湧起一萬句咒罵。

「你們……全都是噁心的痴漢！休想可以觸碰本小姐！」莎瑪表情變得張狂，長髮飄晃，脫下她特色的長帽，伸手進去。

「魔術！我最喜歡看魔術了！」在旁觀戰的奇諾斯高呼。

然而，並沒像預期般從帽子中蹦出可愛的兔子，而是一條壯碩的巨石手臂。

以岩石黏合而成的手臂掄起，砸落！哥布林躍起避開，地面被轟出一個巨坑，巨石手臂上的碎石飛濺。

像決堤氾濫般的碎石流從帽子中湧出，將在半空中的哥布林捲起。

碎石重新靠攏聚合，變成一隻巨石魔像，牠的手將哥布林牢牢捏住。

「別以為只有你能控制魔物。」莎瑪露出傲慢笑容。

除了收集有犯罪紀錄的罪犯當玩偶，她還有不少魔物收藏品在帽子內可以隨時召喚出來。

「你要加油！別輸！」

當受到愈強烈的攻擊，技能的效果就愈強。奇諾斯將【垂直天秤】的所有能量灌注在哥布林身上。

哥布林雙眼綻放光芒，掙脫巨石魔像的鉗制，「鏗鏗鏘鏘！」揮動短劍，巨石魔像身體各處迸出光花，瓦解崩落。

還沒完！

小小身軀以碎石作為跳躍支點，纖幼雙腿用力一蹬，化成一道綠色閃光，一瞬間殺到莎瑪眼前。

莎瑪驚訝不已，哥布林短劍交叉斬擊！

在劍尖擊中的前一刻，莎瑪及時彎身避過，飄揚的頭髮被剝掉一小束。

莎瑪瞪大雙眼看著髮絲散落在地上。

「頭髮是女人最寶貴的珍寶啊！」赫然，哥布林腳下的地面裂開，頭頂不斷有灰燼掉落。

莎瑪震怒得天崩地裂，彷彿整個學校副本都被撼動起來，奇諾斯若有所思地左顧右盼。

驀地感受到惡鬼般的視線投射在他身上。

「將那隻哥布林變強，是你搞的把戲吧？」莎瑪惱怒得聲音都像打雷。

「對了，妳有沒有想過在內部破壞整個副本？」奇諾斯迴避問題，答非所問。

莎瑪向奇諾斯步步進逼：「別以為這樣就贏得了我，現在我滿腦子只有將你碎屍萬段的畫面！」

若將【垂直天秤】所有增幅加在自身，奇諾斯的能力會大幅提升，尼德霍格也能替他擋下不少魔法攻擊，再加上供給無限量的魔力。

相反，莎瑪在這種室內場所，因沒法直接與自然元素接觸，魔法威力會有所減弱，所以兩人對決勝負還是未知之數。

「老實說，要是認真打的話，我有三成把握可以打贏妳。」奇諾斯摸摸下巴思忖。

「三成？你會不會太自大！」莎瑪像被長矛貫穿胸口一樣臉容扭曲，一個剛考到獵人證的小伙子，竟敢如此大言不慚。

此時，其餘魔物也好整以暇站在奇諾斯兩旁。

「妳猜我把能力加到哪一隻身上？」奇諾斯笑嘻嘻地說。

莎瑪掃視並列站著的魔物，哥布林交叉雙手揚起鼻子，趾高氣揚地「嘰喳」叫了兩聲。

旁邊的史萊姆組合成巨型憤怒版史萊姆，牠們水平線的眼睛變成斜槓時，算是非常憤怒的狀態了。

單論實力的話，莎瑪可以瞬間蒸發眼前所有魔物，但顯然這場戰鬥跟以往在副本的無腦輾壓並不一樣。

因為眼前這個少年的存在，使戰鬥充滿不穩定因素，既令人不忿，卻又無計可施。

剛才的史萊姆讓她遲緩一秒，現在眼角還需留點位置給那隻該死的哥布林。

更該死的是，在莎瑪眼中，哪隻哥布林都一模一樣，完全看不出差別，就像在看外國人的模樣。

「要上囉，誰最快觸碰到她，今晚可以無限炸雞吃到飽。」奇諾斯輕快地說。

暗地裡，他將【垂直天秤】的能力全都加在自己身上，一股從未感受過的充沛能量灌注全身，讓他不禁佩服莎瑪的強悍實力。

遇強愈強。

「喀喀喀！」骷髏怪也組合成一個穿著盔甲的巨型版骷髏。

「放心啦，我有這張獵人證，結帳不是問題……」奇諾斯像在公園巧遇鄰居聊天一樣輕描淡寫。

然後，消失。

下一剎那，便出現在莎瑪的腳下，他像豹一樣彎身刺出匕首。

「噢噢，終於肯認真了嗎？」莎瑪側身避開匕首，上方響起轟隆聲，一道迅雷劈下。

但只將禮堂的地板燒了一個焦坑，而奇諾斯已退到幾十米遠的禮堂門前。

莎瑪正在訝異，他的速度竟連雷系魔法也跟不上。下一秒，她才察覺到奇諾斯手指晃著一個小掛飾。

九頭蛇的娃娃吊飾。

莎瑪摸索腰間，空空如也，只得一股羞怒的熱火在胃部沸騰。

「你的目的是為了這個？」

「嗯，也順便想測試一下獵人們的實力。」

「有讓你滿意嗎？」

「不告訴妳。」

「小氣。」

「對了，十二獸的實力在妳之上嗎？應該不會吧？這樣好令人氣餒喔。」

「不告訴你。」

奇諾斯聳聳背，打開禮堂的門離去。

第六章

通宵營業的炸雞店，彌漫著油膩的氣味。

「外帶還是內用？」店員用疲憊的語氣問道。

「外帶，當然是外帶。」眼前的男子一頭亂髮，還沾滿灰塵，彷彿從地底爬出來一樣邋遢。

「但這麼多……你自己一個能拿嗎？」店員看到他取出獵人證結帳，知道那就合理了。

廚房內傳出廚師的咒罵聲，哪有人半夜吃二十桶炸雞啊！

「噢，對了！等我一下。」男子左右張望：「可以借用一下廁所嗎？」

從員工手中接過廁所門匙後，他雙手捧著幾桶炸雞，像耍雜技一樣步履蹣跚走進廁所。

「先生，出口在那邊！」店員還是把說話吞回肚裡，畢竟所有獵人都是怪人、神經病。

奇諾斯可以使用任意一道門返回副本，於是他分幾次將炸雞帶回去。

晚餐時間，重逢的九頭蛇高興地扭來扭去，九條頸子互相擠來擠去。

「別忘了我們的約定，我幫你們重逢，你當我的手下。」嘴裡啃著兩隻雞腿的奇諾斯說。

沒人瞭解九頭蛇的痛苦。在獵人眼中，九頭蛇是一條斬不死，頭顱能不斷復活的魔物，更稱牠作萬蛇之王。在牠被莎瑪打敗後，曾有不少科學家研究九頭蛇的基因，希望使人類得到同樣的恢復能力。

結果科學家發現，九頭蛇的基因跟一般爬蟲類沒太大差別，甚至跟其他蛇幾乎一模一樣。

就在科學家一籌莫展時，有魔法界的專家跑出來言之鑿鑿說：「我看到牠有九個靈魂，這一定就是牠能不斷復活的秘密。」

然而這說法只在網路上流傳，沒人能認證是否屬實。

事實上，九頭蛇體內真的藏著九條蛇的靈魂，牠們纏在一起，發誓永不分離，但這又是另一個故事了。

然而或許是上帝的惡作劇，每次九頭蛇死而復生，記憶都不復存在，每次被斬，都是痛苦的別離。

大可以想像一下，你是一個擁有九個頭顱的連體嬰，九個兄弟姊妹住在同一軀體內，每次有頭顱去世，隔天就會長出新的頭顱。但新的頭顱沒有任何記憶，如同陌路人，卻被困在同一個軀體內。

多尷尬啊。

「不要再隨便被斬頭了，聽起來遜死了。」奇諾斯下結論。

九頭蛇連連點頭，連點了九次。現在牠正沉醉在重逢的幸福，卻忽略了背後的殺意。

突然，九頭蛇後方的泥土鬆脫，蹦出一個綠色的頭顱。「嘰～」剛才面對莎瑪的戰神哥布林，一直藏在泥土內等待時機，牠猛地躍起，緊握短劍刺出！

好勇鬥狠是哥布林的天性，亦因為這個原因，這種生物的死亡率與繁衍率也超高……

「砰！」

但這隻戰神哥布林失去了【垂直天秤】的加持，九頭蛇的尾巴隨意一揮，哥布林變成石壁上的嵌入裝飾品。

不自量力，也是哥布林的天性。

「呵呵，今晚輸了的漢堡沒肉吃。」奇諾斯說畢，用兩隻手指拈走漢堡中的肉塊。

「對了，現在這個副本缺少守護者，你就來替補空缺吧？等會挑選一個你最喜歡的房間，我用技能幫你裝潢一下。」奇諾斯舔舐手指，他擁有像特異功能般的復原能力，要療傷就需要龐大熱量，所以他正大口吃著炸雞、漢堡、牛肉河粉、菠蘿麵包。

但與莎瑪戰鬥的衝擊，卻留在骨子裡久久不散，奇諾斯打從心底不想再跟那瘋婆娘戰鬥了。

九頭蛇在原地轉了個圈，表示這裡就很愜意。

「這裡嗎？沒問題。」奇諾斯用油膩的手指摸摸下巴思索，【造物主】能隨意改變副本的構造，那就來建造一個有氣勢的守護者房間吧？

下定主意後，手指像指揮家般在半空飛舞，兩座蛇形雕像從房間入口外拔地而起，雙眼還嵌有綠寶石。

「嘰嘰嘰！」其中一隻哥布林舉手抗議，這是牠從獵人身上偷回來的、最重要、比性命更重要的寶物。

「別這樣啦，反正你也是將寶石埋在土裡每天在上面小便，我已經說過不能長出綠寶石樹了。再加上……」奇諾斯拿出他為哥布林們準備的禮物。

已經製作好的機械模型。

哥布林高興得一湧而上，將模型推倒在地上蹂躪一番，對牠們來說能將完好的東西拆散破壞，最快樂不過了。

接著，奇諾斯五指靠攏在一起再赫然張開，房間的空間擴大了好幾倍。

「這樣你就可以恢復原來的大小了，接下來是最重要的，嘿嘿。」

奇諾斯賊笑著啪響手指，周圍的石塊抖了一下，碎石剝落，變成數十個人類的石雕像，每個人的形態都不盡相同，有的正握著武器擺出攻擊姿勢，有的在慌亂逃跑。

「進來的獵人一定會誤以為你能把他們石化，哈哈哈！」

九頭蛇看得雙眼發亮，尾巴狂搖，像高興的小狗一樣。

「還有還有！要是遇到很強的敵人，你不要傻傻地站著被別人斬頭，逃跑吧！大多數獵人的目的只為了這東西。」奇諾斯將一個寶箱放在房間最深處，但寶箱內部是空的，連接著一條通往哥布林房間的秘道，讓牠們可以躲在裡面偷襲。

每個副本最強的魔物，都會在守護者的房間守候，而那個房間通常都會放有寶物。這有點像是ＲＰＧ遊戲的設定，其實以魔物的思維來說，將人類的寶物放在牠們最熟悉的環境，只需要守株待兔就能吃到人類了。

對魔物來說，人類的寶物根本毫無價值，只是誘餌。

就在這個時候，本來靜靜地依附在奇諾斯肩上的黑色披風，突然被一陣怪風颳起，猛烈甩動。

脫離奇諾斯的肩膀，披風在半空中高速旋轉，像變戲法一樣不斷變大，最後形成一個夾雜著電光的黑色旋風。

旋風轟然墜落，巨大的黑影幾乎遮蔽眾人身後的景觀。

龐然大物有著能震懾萬物的霸氣目光，牠從高處俯視一周，哥布林、史萊姆、骷髏怪都禁不住瑟縮哆嗦。

是尼德霍格！

牠的目光停在九頭蛇身上，尖銳的瞳孔迸出電弧。

基於生物的本能，像狼群只需一眼便能得悉誰是首領一樣，九頭蛇也乖乖地吐舌頭，向尼德霍格俯首稱臣。

呃……不，除了一人沒被震懾到，他似乎失去了生物的恐懼本能。

「裝什麼威風，被你弄得到處都是沙塵了。」奇諾斯摀住口鼻，用手撥開揚起的沙塵。

★★★

另一邊廂，異界管理局的獵人考核場所。

像足球場般的寬敞房間，本來有一所專為考核用的副本，如今因守護者及魔物都被打敗，副本也就消失了，只餘一片空蕩的荒地。

以及惱羞成怒，失去理智的莎瑪。

這是她的人生中，首次被愚弄得這麼徹底。她在地上畫出魔法傳送陣，將自己傳送到管理局的總部。

她在機密訊息管理辦公室憑空出現，因傳送陣而泛起的魔力亂流，毀壞了六張辦公桌、九台電腦，還嚇昏了十多名職員。

她手上拿著一疊文件檔案：「這是那個叫斯諾奇的考生資料！我要知道他的所在位置，就算他逃到天腳底，我都要將他揪出來煎皮拆骨！」莎瑪的咆哮夾雜著打雷聲，還有火舌不斷從她長袍下爆出來。

異界管理局總部，全年無休。在辦公室的樓層，整齊排列著過百張辦公桌，前方有一個巨大的屏幕，監察著各個地區的突發性副本狀況，以便迅速調動獵人去處理。

突然，某處傳出玻璃水杯破裂的聲響。

「抱、抱歉，我不小心手滑了。」女工作人員站起來道歉。

接著，幾個工作人員停下手邊的工作，他們沒法集中精神，抑制不住渾身發抖。

絡繹不絕敲打鍵盤的聲響，漸漸變得稀疏零落。

最後，整個辦公室鴉雀無聲。

因為一股銳不可擋，冷冽的殺氣從某人身上噴發開來。

卡司莫斯托一托眼鏡，冷酷的目光看著奇諾斯的資料，與他在學校副本大鬧天宮般的片段。

在場莎瑪是唯一沒受這股寒氣影響的人，但她卻被那張酷臉弄得小鹿亂撞，心臟融化。

「這個獵人就交給我吧，他身上有獵人證，你們應該可以查到他的位置吧？」

卡司莫斯看向他身旁的工作人員，那人立即像觸電一樣從椅子上彈跳起來。

「呃……可是可以，但這個人的移動位置有點古怪，前一刻還出現在一間連鎖炸雞店，下一瞬間就消失了。」

「我明白了，就交給我吧。」卡司莫斯說。

「那我現在需要調動執勤部隊支援？」

「你覺得有需要？」卡司莫斯輕輕淺笑，語調也沒任何威脅成分。

「對、對不起，我沒有這個意思！」工作人員滿頭大汗臉部扭曲，不斷鞠躬道歉，差點要切腹謝罪。

「別介意，你就幫我叫一輛計程車吧，我會找到那個人。」

此時，莎瑪舉起手。

「是，莎瑪同學請說。」卡司莫斯問。

「我我我可以去當幫手嗎？我曾跟這狡猾的傢伙戰鬥過，這次一定能……」莎瑪緊張得口齒不清，簡直像個站在偶像面前的少女。

說到一半，她的話就被打斷了。

「謝謝妳的好意了，但放心吧，妳說過他是人類吧？」

「是是是，但……」

「那就可以了，我的能力不會輸給任何人類。如果我遇到難纏的魔物，一定會找妳幫忙。再加上……」卡司莫斯湊近莎瑪，幾乎觸碰到臉的距離：「女人要是太操勞的話，很容易會變老喔。」

「知道了！我現在馬上回家睡夠十八個小時，各位再見！」說畢，突然「碰」一聲白煙從地面冒起，莎瑪便像忍者一樣憑空消失。

卡司莫斯離開總部，坐上停泊在大樓門外的計程車，跟司機說明地址。

十五分鐘後，司機停在一座再普通不過的商業大廈門前。卡司莫斯環視四周，凝聚心神，確認周圍沒其他人追蹤。

發動技能【包羅萬象】！

接著，卡司莫斯從褲袋掏出一道粉紅色的木門，離開口袋，木門變回原有的大小，驟看下，除了顏色有點少女風，這是一道平平無奇、毫無粉飾的門。

事實上，它能帶你到達任何想去的地方，即使你不知道目的地在何處。據聞經常使用這道木門的男生，想去找某個心儀的女生時，即使她正在洗澡，這道木門也能讓你在浴室中出現。

大家的腦海中應該浮現出這道粉紅色木門的形象了吧？

很好，這就是卡司莫斯的專屬技能【包羅萬象】的發動條件。

愈多人幻想得到，他的能力就愈強。相反，戰鬥時對手完全沒看過該部動漫作品，沒法想像那道木門如何運作，那能力就不會發揮任何作用，只能掄起木門砸向對方。

所以，外界除了尊稱卡司莫斯是總統的獨生子外，他在獵人間還有一個稱號。

「最強與最弱的獵人」。

原因是，卡司莫斯能用【包羅萬象】使出在電影或動漫畫中的作弊招式，多得近年英雄電影氾濫，你見識過鋼鐵人的萬能裝甲，卡司莫斯就能變出一樣的裝甲。你對浩克的力量生畏，卡司莫斯就能使用同等的強悍暴力。除了電影或動漫作品，其他獵人的技能亦可據為己用。

然而，魔物對這些東西毫無概念，對牠們來說，電影只是無意義的閃爍顏色，動漫畫只是亂七八糟的線條，也就是說，卡司莫斯的技能對魔物毫無用處。

★★★

奇諾斯的副本中，正演奏著鼻鼾的交響曲。

尼德霍格像蝙蝠一樣懸吊在頂處，九頭蛇互相交纏睡在一起，奇諾斯跟其他魔物窩成一團正在睡覺。

忽然，一道粉紅色木門憑空出現在奇諾斯面前，敞開。

奇諾斯揉搓眼睛，惺忪的他只看到眼前出現模糊的身影。

步出的人自然是卡司莫斯，他舉起手，做出手槍的手勢。

「唔？」奇諾斯還沒清醒。

「去死吧。」對方食指指尖有電光聚攏，射出一道藍色的電流。

這是莎瑪用過的招式，所以能向奇諾斯使出來。上次尼德霍格替他擋下，這次電流結實地擊中奇諾斯的胸口。

強大的電流在奇諾斯體內亂竄一通，頸部以下都失去知覺，只能大字型躺在地上，全身冒出難聞的焦煙。

所有魔物被雷聲嚇醒，尼德霍格化成披風包裹著奇諾斯的身體灌輸魔力，九頭蛇向卡司莫斯發出威嚇的嘶吼。

魔物一擁而上。

「滾。」卡司莫斯只淡淡地說了一個字。

下一瞬間，魔物們宛如蝦兵蟹將，被吹飛到半空。這不是任何魔法，只是單純的魔力爆發。

卡司莫斯知道自己的弱點，面對魔物【包羅萬象】不管用，只能利用體術與體內的魔力戰鬥。

權力與責任成正比，他很清楚這一點。

背負著總統兒子的名義，也背負著整個異界管理局，卡司莫斯必須是最強，也只可以是最強！否則權力便會崩塌瓦散。

於是他付出比其他人多上百倍的努力，成為最強大的存在。

受到魔力迷霧的影響，魔物們幾乎沒法站起來，或像喝醉酒那樣向空氣揮動武器。

「別打我的朋友！」奇諾斯不知何時，已掄起手刀劈向卡司莫斯。

卡司莫斯用魔力將奇諾斯彈開，奇諾斯使出【霸者掠奪】將魔力奪過來。

卡司莫斯沒有遲疑，彷彿早就料到這一著，迅猛的拳頭已來到奇諾斯面前。

這是一記普通的直拳。

然而，奇諾斯卻在腦中浮現出某部動漫作品的主角，頂著一個光頭，以及那招無敵的一拳。

拳風撲臉，彷彿看到拿著鐮刀的死神降落在奇諾斯面前，他全身毛孔都在劇烈顫抖，作出生物本能的反應。

如同戰爭時用的大炮發射一樣，「碰！」地一聲巨響，拳頭直接貫穿身體，拳風後至，隨著巨大的爆響，碎塊四濺，衝擊力使卡司莫斯周圍沙石揚起。

一招命中，但卡司莫斯沒有放下警戒，因為他察覺到觸感不太對勁。

「喔……我死了……我真的要死了……我被打敗了……好痛啊……」被轟得只剩一半的人形在悲鳴。

沙塵逐漸散去，卡司莫斯定睛一看，眼前被「揍碎」的奇諾斯，不知怎的變成了一個半透明的人形，地上被轟得四散的肉塊，正在慢慢蠕動組合。

這根本不是奇諾斯。

就在千鈞一髮之際，奇諾斯使用【造物主】跟遠處的史萊姆互換位置，代替他吃掉這一拳，反正任何打擊對史萊姆都無效。亦因為打在魔物身上，那一拳又變回普通的直拳。

卡司莫斯無暇理會手舞足蹈的史萊姆，目前他在意的是奇諾斯消失了。

下一瞬間，奇諾斯像地鼠般從地底冒出，十指緊緊互握，食指豎起。

「千年殺！」奇諾斯大喝。這是《火影忍者》中主角的自創招式。

沒道理的招式，配合沒道理的戰鬥策略，面對強敵卻出奇地管用。

卡司莫斯痛得雙眼瞪大，像觸電般想躍起逃開。

「休想逃！」奇諾斯用【造物主】改變副本地形，地面突然伸出兩隻泥土觸手，抓住卡司莫斯的雙腳。

卡司莫斯馬上用魔力把腳掙脫開來，並懸浮到半空，察覺到頭頂有巨石砸落，又迅速旋繞飛舞避開。

「飛什麼飛！太狡猾了！」奇諾斯抗議。

這正是卡司莫斯發動的技能【包羅萬象】厲害之處，隨意一套漫畫都有懂得飛行的角色，這正是技能的奇特之處，可使出不是對應單一目標的招式，儘管魔物沒有「飛行」這個概念，只要愈多人相信有「飛行」，技能就能夠使用。

那扇可以到達任意地方的粉紅色木門便是最好例子，它源自一部上億人看過並紮根在腦海的動漫作品。

奇諾斯繼續改變地形，石塊徐徐升起，堆疊成一條可隨意活動的石柱，他站在石柱頂端追擊卡司莫斯。

同時，躲在石壁的哥布林吹出毒箭。

卡司莫斯在半空畫出一個漂亮的「8」字，全數避開。

這時奇諾斯已逼近，匕首以刁鑽角度刺出。

卡司莫斯淡定地向奇諾斯伸出手，掌心噴出火球，硬生生把奇諾斯擊退，石柱崩塌。

這次確實地擊中了，卡司莫斯注視著奇諾斯整個人冒煙墜落，像被飛彈擊毀的戰機一樣砸在地面，炸出一個坑洞。

卡司莫斯持續警戒著奇諾斯的奇襲。

半晌，他感覺到眼前景物像是影片轉換場地般高速一晃。

「喂，我在這裡啊，別東張西望好嗎？」頭頂傳來奇諾斯的聲音。

卡司莫斯大驚回頭，但一切已太遲了。側腰劇痛，被奇諾斯的雙腳飛踢踹中。

被這一擊踢飛後，他直直撞到石壁才停下來，但這一波交鋒還沒結束。

骷髏怪組裝成盔甲保護著九頭蛇，九個頭顱齜開嘴巴，迅猛地襲向卡司莫斯。

【包羅萬象】對魔物無效，如今他卻被魔物重重包圍。

「哈哈！是我贏啦！」奇諾斯興奮地大喊。

從闖入副本開始，就彷彿在跟整個副本戰鬥一樣，讓卡司莫斯身心俱疲。

此刻他腦內充滿抱怨，真想打開那道粉紅色的門，返回房間看動畫，看到眼睛撐不住然後睡到飽。

卡司莫斯吐出一口濁氣，推動著體內的魔力，將本來是液態的魔力轉化成微細的粒狀，再互相撞擊，分裂，再撞擊，再分裂！

最後，以自身為中心往外爆發。

從來沒人這樣做過，所以連卡司莫斯也不知道結果會怎樣。這是他看了一部講述「原子彈之父」故事的新電影取得的靈感。

更重要的是，這並不是【包羅萬象】的技能效果，故此對魔物也有效。

卡司莫斯從頭頂到腳趾都在發出光能、熱能、動能，輪廓消失，以最大的功率一次性爆發魔力！

此時，奇諾斯以自己最快的速度飛撲向他。

【霸者掠奪】，發動！

副本內一片寂靜，所有魔物都被剛才的魔力波動震懾得呆若木雞。

爆炸並沒如預期的發生，就在爆發前的一剎那，奇諾斯用技能將所有魔力都吸收掉，儲存在黑龍尼德霍格的體內。

結束了，兩個渾身髒兮兮的男孩呈大字型躺在地上，他們都已筋疲力竭，連站起來都做不到。奇諾斯全身上下的衣服都被剛才的魔力燒光，如今全身赤裸，但他毫不在意。

一隻哥布林戰戰兢兢地拿著短劍走近卡司莫斯，想偷撿尾刀。

「咳咳。」卡司莫斯咳嗽兩聲，撐起身子坐起來，哥布林立即慌忙躲起來。

「弟，你變強了呢。」卡司莫斯擦拭沾滿沙塵的眼鏡。

「嘿嘿，是我贏了對吧？比數是271：199！我慢慢追上來囉！」奇諾斯回。

「還差得遠呢，說起來剛才那招是什麼？」

「我的新技能，叫【霸者掠奪】，超霸道的！」

「那技能仍有很大的破綻，你要小心。」

「什麼破綻？」

「不告訴你。」

「那就是沒有破綻，你就乾脆認輸吧。」

先前鬥得你死我活的兩人現在竟然在互嗆，看得一旁的九頭蛇目瞪口呆，吐出困惑的舌頭。卡司莫斯注意到牠，詢問：「牠該不會是……」

「沒錯！嘻嘻！」奇諾斯顯得得意洋洋。

「難怪莎瑪會這麼生氣啊，你知道嗎？她在你身上安裝追蹤器了。」

「什麼？」奇諾斯完全沒察覺到這件事。

「放心，剛才被我燒掉了，所以我才一直沒跟你聊天。」

「我還以為你妒忌我變強了，所以想殺死我呢。」奇諾斯打趣地說。

奇諾斯年幼時就被拋棄在副本，所有人都以為他死了。然而，卡司莫斯卻找到了他。

他知道若把這件事告訴爸爸，奇諾斯會有生命危險，所以只敢偷偷跟他見面，每次，他都會帶一大堆漫畫跟奇諾斯分享，有時候他們甚至會去看電影、打電動、練功、對打。

卡司莫斯總是稍強了一點點，但每次奇諾斯感到氣餒時，他便會放點水讓弟弟贏。根本沒有什麼狗血的兄弟相殘。

儘管兩人的身分懸殊，一個是總統的兒子，將要繼承異界管理局；另一個是要向父親復仇，以幹掉管理局為首要目標。

但，兄弟就是兄弟。孤獨的奇諾斯很需要一個能陪伴他的哥哥，而卡司莫斯也很需要一個可以分享真心話的弟弟。

這是只屬於兩人的秘密。

★★★

異界管理局總部，也就是建於市中心的總統大樓。它比周邊的大廈建築都要高出兩倍，彷彿要居高臨下監視民眾的一舉一動。

所謂情報就是力量，大樓中有二十多層都是情報管理中心，國內幾乎各處都安裝了監控鏡頭。對外宣稱是監察「門」出現的突發狀況，實際上是監視其他獵人的一舉一動。

在「門」出現後，人類亦演化出特殊技能，可以控制體內循環流動的能量「魔力」。如同當人類發明了槍械一樣，這能力對群體是好是壞，就看是落在什麼人手上了。

總統為了保住權力，便創建了異界管理局，訂立一系列獵人的管制制度。讓一般獵人擁有獵人證，並獲得一定程度的權力。

然而，實力強橫的獵人都想著自立為王，魔物身上的能源，賣給管理局跟賣給一般商店一樣，甚至有財團自行聘請獵人狩獵魔物取得資源。就像挖掘金礦一樣，反正「門」無止盡地出現，與其幫管理局打工，有能力倒不如自己賺更爽。

於是，總統增設「十二獸」的特別部隊，讓強大的他們擁有最特別的權力，在國內有花不盡的錢財，即使在外國犯法，總統凱特雷也能用外交手段去擺平。唯一條件，是不得效忠其他國家。

講難聽點，「十二獸」就是十二個管不住的瘋子。

又或許，所有強者都是瘋子，因為他們不必在意弱者的存在。

當然，管理局仍有不少像莎瑪那樣真心為人民服務的獵人。卡司莫斯離開後，她還是放心不下，便走到其中一個工作人員面前說：

「電腦可以借我用一下嗎？」

「咦？」

沒等工作人員回覆，莎瑪便將整個螢幕揪起來帶走。

「電、電腦主機……」工作人員呆滯。

「不用。」

莎瑪找了個沒人的會議室，先建立一道魔力屏障，不讓其他人能偷聽偷看，然後在螢幕內灌注魔力。

突然，沒連接任何電腦主機，甚至沒有電力的螢幕，出現了畫面。

畫面有點晃，視角從奇諾斯的身體上發出，能看到他正在跟卡司莫斯對戰。

卡司莫斯雖占上風，但奇諾斯像老鼠般卑鄙的戰法，令莎瑪咬牙切齒。

接著，卡司莫斯變成耀眼的光球，螢幕只有雪白一片。

「喂！幹嘛？怎麼看不到了？」莎瑪像老人家發現電視出現雜訊般拍打螢幕。

幾秒之後，訊號中斷，掛在奇諾斯身上的魔力追蹤器被毀了。

★★★

奇諾斯的副本內。

兄弟兩人還是呈大字型躺著，旁邊的魔物開始各自做自己的事。

史萊姆窩在角落清理體內的雜質（跟人類需要排便一樣），骷髏怪把身上的骨骼拆下來擦拭清潔，哥布林們正在討論卡司莫斯與奇諾斯誰的腳板比較大，因而互相毆鬥。

「對了，先撇開你的新技能不說，剛才將我的魔力原子彈吸收掉的是什麼東西？你的體質應該沒法儲存魔力吧？」卡司莫斯早就察覺到奇諾斯的披風有一種難以言喻的異樣感。

「喔喔，你說牠啊，牠是我的手下。」

語畢，披風赫然化成一道黑色旋風，龐大的尼德霍格在半空中伸展翅膀，轟隆一聲砸在地面，骷髏怪全都像積木般倒下。

「小子，說了很多次，我不是你的手下。」尼德霍格噴出焦熱的鼻息。

「嘩啊啊啊？」卡司莫斯被尼德霍格突然現身，嚇得張大嘴巴。

「我讀過你的記憶，早就知道你們兩兄弟是一夥的，但……」尼德霍格看到卡司莫斯的反應相當滿意：「你看起來啊，怎麼說呢……」牠來回看兄弟兩人：「你們就像是同一個人，但分裂出兩個身體啊。」

「因為我們是孿生兄弟啊。」奇諾斯笑嘻嘻地說。

尼德霍格不太熟悉人類的結構，所以沒有多說什麼。

然而，此時的奇諾斯並沒意料到，尼德霍格這句無心插柳的話，揭露了一個重大的秘密。他更萬萬沒料到的是，自己是一個犧牲品。

「我差不多該回去了。」卡司莫斯脫下眼鏡用衣角擦拭，跟黑龍尼德霍格共處同一個空間，使他渾身不自在。

「這麼快回去？我們不一起看電影嗎？」奇諾斯大感遺憾。

「你身上的追蹤器被我毀了，這個副本應該暫時安全，要是我太久沒回去，管理局的人肯定會四處搜索，到時候就麻煩了。」

「畢竟你是總統大人的寶貝兒子嘛，嘿嘿。」奇諾斯對他父親的恨，與對哥哥的愛非常分明，絕不會混為一談。

「對了，其實我來找你還有另一件事。」
奇諾斯豎起耳朵。
「我剛剛在管理局資料庫取消了你的獵人證資料。」
「咦？為什麼要這樣做？」奇諾斯一臉哀怨，獵人證像信用卡一樣，每月都會匯入固定金額作為薪水，級別愈高，薪水也愈高。
「放心吧，我知道你在想什麼。你的獵人證消費限額，會直接扣除在我的私人帳戶上。但由於資源庫沒有你的資料，在其他人看來，你永遠都是E級獵人。」卡司莫斯頓了一下又說：「我想你幫我做一件事。」
「我希望你去『解放』這個副本。」他遞出手機，上面顯示著一個副本的地址和照片。
「你應該知道我不會殺魔物的吧？」
「當然知道，所以我用『解放』這個詞，我想你去將霸占副本的獵人驅逐出去。」
「霸占？」奇諾斯皺眉。
「魔物全身都是寶，副本的魔物會不斷重生。有些獵人強行霸占副本，不斷重複殺害魔物，獲取牠們身上的資源……」
卡司莫斯的話中斷了，因為他感覺到周圍的氛圍變得不一樣，一股暴漲的殺氣籠罩著整個副本。
「啪！」暴怒的奇諾斯把手機捏得粉碎。
「如果由我們管理局出手阻止，會引起很多獵人的不滿，相信你也知道，很多獵人自組的公會都自立為王，我們管理局的勢力岌岌可危，快要控制不住他們了。」
「所以你想讓我來幹這種骯髒活嗎？」奇諾斯留意到卡司莫斯的眉頭愈皺愈深。
「如果你不想幹，就當作我沒說過剛才那番話吧。」
「我不幹，也不會有其他人去處理吧？不過我先聲明，我不會手下留情。」
「放心，後續我會處理。還有……你把我的手機弄壞了……」

第七章

這個社會就是大吃小，新吃舊。

就以寶聲戲院為例。

建在小社區，以前專門為區內居民而設，比起在市中心或大型商場內的戲院，銀幕及音效設備都落後一大截，但寶聲戲院票價親民，吸引了附近的街坊繼續支持，業績還算勉強過得去。

結果，政府突如其來宣布社區重建，全區的大廈舊樓被回收，居民全都領著政府的補貼開開心心的遷走，戲院卻被逼關門大吉，但就在拆卸期間，戲院的大門突變成「門」。

偏遠的小社區，意思就是連管理局都懶得管的地區，於是管理局發出「委託」，在該社區的其中一個獵人公會「吸血玫瑰」接受委託後，負責處理這個副本。

對一般人來說，「門」是一種性命威脅。但對獵人來說，卻是金礦。

為避免獵人之間發生爭執，管理局規定，哪個獵人公會接下委託後，副本就只能由該公會負責，除非公會放棄委託，否則其他公會不得強行進入副本。

簡單來說，就跟Uber一樣，其中一個司機接下乘客的單子，其他司機就不得搶客了。

一星期後，吸血玫瑰向管理局報告，內部仍有些技術問題未能解決，他們會盡力處理，但封鎖期限需要延長。由於附近沒居民，該區的區議員也表示副本沒即時危險，就批准了延期，要他們妥善處理。

而這一拖，就拖了兩年。

吸血玫瑰名副其實像吸血鬼一樣，對他們來說，這個副本不單是金礦，還是掘不完的礦坑。理所當然地，部分收益已滑進區議員的口袋裡。

副本內，哀怨淒厲的慘叫聲此起彼落。

戲院空間不大，總共有十三個魔物重生點，主要魔物是半獸人戰士、投矛手、以及懂得巫術的半獸人薩滿。

而副本的守護者，是獸人的聖女。她跟滿身肌肉像灰熊般壯碩的半獸人截然不同，乍看起來與人類的女性還比較相像。

副本內大多數慘叫聲，都是由她發出的。

那是聽起來令男人性慾大增的慘叫聲。

「嗄！嗄嗄……哈哈！老大啊，我快上癮了每日都要來用，怎麼辦？」其中一個獵人，脫光全身上下的衣服壓在聖女身上，像蟲一樣蠕動下半身。

聖女手腳刺有灌注魔力的咒文，像癱瘓一樣無力掙扎，雙眼被蒙住，嘴巴塞入鐵球強行張開，用處不用詳細說明也知道，是某種變態癖好。

「別說廢話，玩夠了就趕快回去工作吧，快到我這邊的休息時間了。」另一個獵人守住魔物的重生點，用高伏特電網將剛出生的魔物困住，魔物一出生就會被電得呱呱叫，半獸人雖然強壯，但跟一般動物構造相同，心臟麻痺後，獵人便用長矛刺穿魔物的心臟，進一步放血及取出內臟，這些都是能賣錢的資源。

就跟牛豬的屠宰場一樣，有時候魔物被解剖到一半醒來，下場只會更慘，大多數被亂刀劈死，或受盡各種發洩式的虐待。

另一個上身穿著皮革背心外套，被厚實肌肉包裹全身的彪形巨漢，悠閒地坐在放映廳後方視野最好的沙發上，巨大的銀幕正播放著他最愛的電影《300壯士》。這是他在副本中打發時間的娛樂。

巨漢半邊臉有玫瑰的紋身，用來遮蓋他小時候的燒傷疤痕，他正是吸血玫瑰的公會會長，巴頓。

除了怪物般的肌肉、誇張的紋路外，令巴頓在獵人界打響名堂的是他的暴戾脾性。

有一次，一個半獸人戰士極力反抗，打傷了十多個獵人，牠一直守在重生點，想等待其他同伴復活壯大力量，在亂戰時半獸人身上的血濺到銀幕上。

巴頓一怒之下，赤手空拳將那半獸人活生生毆打至半死，接著，把半獸人吊起來，將想像得到的極刑全都用在牠身上，以半獸人強韌的體格及生命力，足足撐了十四天才氣絕身亡。

「你『用完』後記得把她拿去消毒，要為下個人著想，上次不知誰忘了讓她晾在一邊，臭死了。」巴頓打開沙發旁的冰箱，拿出啤酒仰頸一喝而盡。將啤酒罐放在掌心一捏，再張開，已變成一顆像乒乓球的球體。

為了方便屠宰，戲院的空間被改造過，放映室變成老大巴頓的睡房，放映大廳的椅子都被拆得一乾二淨。

副本的另一邊，還有一個燒得沸騰的水池，每天他們都會將聖女丟進去消毒，聖女的能力是極佳的復原力，任何傷口都能在幾秒間復原。

但有復原力不代表沒有痛覺。

巴頓最喜歡欣賞的，是聖女被虐待到失禁的畫面。

「對了，你們有想過回家嗎？我們在這副本待了幾個月，老婆一定很想念我。」負責打掃，將血跡與肉屑清理乾淨的獵人開口。

「沒有。」眾人異口同聲。

在另一個重生點前，獵人正用長矛指著一個跪在地上的半獸人薩滿，牠雙手十指用奇怪的方式纏在一起，口中唸唸有詞，像是在祈禱。

「嘖，再掙個半年你出去就是有錢人了，還想什麼老婆？」那獵人想將半獸人薩滿的手撥開，但牠還是將雙手纏在一起。

「喂，你配合一點好嗎？這樣我怎麼刺穿你的心臟。」獵人皺眉。

半獸人薩滿持續「嘰哩咕嚕」一大堆不明語言。

「我不知道你在說什麼啦，你祈禱也沒用，你們的聖女每天都被幹得爽翻天。」獵人將長矛刺中了半獸人的肩膀。

「牠是在替你們祈禱，牠還說要是你們繼續這樣做，會受到詛咒，而且後果很嚴重。」

所有人望向聲音來源，一個身影站在戲院入口。

「喂！你是什麼人！」其中一個獵人上下打量著闖入者，看起來很年輕，身上也沒有任何裝備。「你是想來拍探險影片的嗎？」

自從「門」出現後，網路上便很流行拍攝副本的影片，更有獵人當起實況主，在打副本同時進行直播。

「我受託來工作的啦。」這人自然是奇諾斯。

「你沒看到門外的公告嗎？這副本是屬於我們『吸血玫瑰』的！」

「噓！小聲點！」巴頓又開了一罐啤酒，連看都沒看奇諾斯一眼，半躺在沙發繼續看電影。

「事實上我進來很久了，只是你們沒察覺而已，大概在……那傢伙脫衣服之前吧？我一直在想，該用什麼樣的力度去教訓你們。」奇諾斯冷冷地說。

在場的獵人們聽到奇諾斯口出狂言，面面相覷，沒有露出半點驚訝的神色。

那個脫了褲子的獵人繼續埋頭苦「幹」，還嫌聖女叫得不夠大聲，掏出腰間的匕首在她胸口劃出幾道深刻的血痕。

溫熱的血花濺到獵人的臉上。

「我、我……真是個變態啊……嗄、嗄，回家之後就不能做這種事了，怎麼辦？」

「喂，你想救牠嗎？牠可是魔物耶，哈哈，難道你喜歡幹半獸人嗎？」獵人拿長矛刺進半獸人薩滿的胸口，使勁地又轉又攪，半獸人薩滿痛得慘叫，但牠雙手仍是做著祈禱的手勢。

其餘的獵人紛紛發出輕蔑的笑聲，慢慢放下手邊的工作，拿起各自的武器，以奇諾斯為中心聚攏起來。

奇諾斯掃視一眼，對方約有十多人，還有大約五人躲在高處，只有三人有高濃度的魔力流動，技能仍是未知之數，大部分手上拿著的都是用魔物製作而成的武器，相信是用來彌補實力的不足。

一群雜魚，不足為懼。奇諾斯有信心可以在十秒內解決所有人，在高處用狙擊槍的獵人也肯定射不中他。

兩下清喉嚨的咳嗽聲，令包圍著他的獵人讓出一條路。

「小子，你是獵人嗎？」坐在沙發的巴頓大口灌著啤酒。

「剛考到的，要不要看？」奇諾斯大方拿出獵人證。

圍著他的獵人們湊前去瞇起眼睛一看。

「E級？噗哈哈哈哈！」現場爆出一陣嘲諷的笑聲。

笑聲驟然停頓，拿長矛的獵人一手將獵人證奪去，擺出一副混混正在恐嚇勒索的凶悍表情：「喂！你沒看到門外的告示嗎？這副本是屬於我們公會的，管理局有規定，要是其他獵人闖入已被委託的副本，即使發生任何意外傷亡，也沒法追究喔。」

「那麼如果公會的老大死了，誰會補上位置當會長？你嗎？」奇諾斯直視那名獵人：「你會把公會改名嗎？畢竟已沒有玫瑰了，還是會去紋一朵玫瑰在臉上，順便整頓一下公會的風氣，別再做這種非法勾當了。」

獵人被奇諾斯赫然暴漲的氣勢震懾住。

「整頓你媽！」他咬著牙，朝奇諾斯刺出長矛。

奇諾斯一動也不動，長矛卻沒像預期般刺穿他的身體，獵人覺得訝異，於是將長矛拉回來。

「你在找這個嗎？」結果，長矛不知為何在奇諾斯手上。

「喂喂，你該不會輸給一個Ｅ級獵人吧？」旁觀的人開始嘲諷。

「媽的！」獵人一氣之下，掄起拳頭砸下。

跟剛才一樣，沒有打擊的觸感，他後退幾步，感覺怪怪的，半邊身體變輕了。

奇諾斯另一隻手，拿著獵人的斷臂，順便把手中的獵人證放回口袋。

「我很難才考到的，還我。」奇諾斯又說：「嗯嗯，我明白了。你們根本不會改過，那你們全都死在這裡好了，今天就是寶聲戲院恢復光明的日子。」

奇諾斯的口出狂言，惹怒了在場的所有獵人。巴頓擦拭嘴角：「把他殺了。」

所有獵人一湧而上，掄起千奇百怪的武器，除了獵人專屬的技能與魔力之外，用魔物製作而成的裝備大多擁有特別效果，就像奇諾斯手上的匕首一樣，擁有出血效果，能令敵人流血不止。

並不是為了保存魔力，而是根本沒必要用到【霸者掠奪】。

奇諾斯先用獵人的斷臂擋住從上揮下的長劍，用力一扳，長劍脫手，一記凌厲側踢將那獵人踹飛。

再來，長矛低掃，前方三個獵人雙腿報廢，矮了一截趴在地上。順勢將矛飛出，把剛才踢飛的獵人釘在牆上。

剩餘幾個獵人想逃跑，奇諾斯像一陣風般從後掠過，出現在他們面前。

「我不會像電影中那些變態殺人犯一樣舔匕首上的血，加上你們的血一定很臭。」奇諾斯甩走沾在匕首上的血。

就像誇張的戲劇效果，三人被割的頸動脈互相噴濺在對方身上，也來不及按住頸子便變成血人倒下。

躲在高處的狙擊手嘴巴抿成一線，連大口呼吸都不敢，生怕會被奇諾斯發現。他、他真的是E級獵人嗎？還是不要開槍算了，他應該沒有發現我，就這樣待到戰鬥結束也不會被責怪吧？都死這麼多人了，老大明明說這種工作沒危險，早知道我就繼續當個副本清潔工了。

副本清潔工屬於後勤人員，無需參與戰鬥，負責魔物被擊斃後對屍體進行分解並取出資源，相對分到的利潤亦較少。

緊抱著狙擊槍的獵人心想，手上的狙擊槍成了他最後的保命符……不，只是自我安慰的護身符而已。

「嗨。」不知何時，奇諾斯像鬼魅般站在他的身後，搭著他的肩膀。

「我、我知道錯了……求求你放過我……」獵人嚇到尿得滿褲子。

「你有幹過聖女嗎？那些半獸人向你們求饒的時候，有放過牠們嗎？」奇諾斯問。

獵人青白的臉色已說明答案。

奇諾斯一手奪去他的狙擊槍端詳了一下，那是用植物類魔物製成的，能射出具有毒性的種子，打進敵人體內能靠著血液迅速生長。

接著，他向獵人的雙手各開了一槍，然後用【造物主】將他的雙手封進土裡。

「你就乖乖變成植物人吧。」奇諾斯賊笑。

巴頓，還是坐在沙發上，看著自己的手下被瞬間宰殺。他晃晃手上的空罐，最後一罐啤酒喝完了，當他跑腿的獵人被奇諾斯殺了，他舒一口氣站起來，緊握拳頭，指骨啪啪作響。

「剩下你了。」奇諾斯從高處跳到他面前。

「你要不要當我的手下？我正好缺人，你替我買啤酒。」巴頓說。

「哈，好笑。」

奇諾斯身影消失。

下一瞬間，他的匕首已朝巴頓的心臟直刺過去。

然而，堅硬的觸感從匕首傳來。

這全力的一擊，竟然刺不進去。

奇諾斯抬起頭，巴頓正在迅速異變，體型變得像巨人一樣龐大，皮膚底下爆出鮮血的觸手，包裹著整個身體。

幾條不安分的觸手連奇諾斯的手也吸進去，被他用匕首斬斷。

「你比魔物更像魔物呢……」奇諾斯說。

巴頓的專屬技能【融為一體】，是透過「吸食」的方式，將外物化成自己身體的各部分，是一種簡單易懂的技能，技能是每個人的個性與經歷的展現，聽說巴頓老爸是三星級米其林餐廳廚師，後來有一年沒能成功保住三星，就在家中吊頸自殺。

臨死前，他為巴頓煮了最後一頓晚餐放在餐桌上，才十多歲的巴頓回家看見父親上吊的畫面，開啟了技能，還將父親的肉割下一點一點地吃掉。

技能強大與否，視乎主人如何運用。巴頓做出過不同的嘗試，曾經將自身化成跟某個Marvel英雄一樣，全身覆蓋鋼鐵裝甲和高科技槍械，結果在某次戰鬥時被踢進泳池，差點就一命嗚呼。

那次之後，他又從另一個英雄角色取得靈感，跑進森林看到樹木就吃，化身成可以

無限復原的樹人，卻在某次戰鬥中，被使用魔力的獵人燒得很慘，還被鎖進監牢。

沒錯，他經常因犯下獵人法律而跟執法的獵人戰鬥。

出獄後，他又嘗試吸食各種猛獸的特性，羚羊的跳躍力，灰熊的臂力，鱷魚的咬合力配上鯊魚的利齒，能力大幅提升的巴頓，成功躋身成B級獵人，後來卻因為犯事而被吊銷獵人證。

在那之後，他便開始接受黑市的委託，這些委託大多都是以「不打怪」的方式偷取守護者房間的寶物。

在某一次委託中，他面對一個強大的房間守護者，被派進副本內的獵人幾乎滅團。

「我不想死不想死不想死不想死！我要財富！地位！權力！怎麼可以死在這裡啊！」被咬掉半邊身體，內臟流得一地都是的巴頓，徹底放棄當一個人類。

他奮盡最後一口氣爬出守護者房間，爬到同伴的屍體身邊把他們吃掉。

一點一滴地恢復氣力後，再吃掉其他魔物，結果他將副本內所有魔物以及同伴都吃光。那天，巴頓將自己變成了魔物。

「喂！就是你把我的隊友咬死吧？」重生的巴頓將守護者的嘴巴硬生生扳開，掄起被鮮紅色的觸手包裹著的拳頭，猶如鉛球般砸下，將守護者整個上顎擊碎。

能吃就不要浪費，巴頓也順勢將守護者吃掉。

取得壓倒性力量的同時，也失去人類的本性，他創建「吸血玫瑰」公會，霸占副本進行非法勾當。每當遇到合適的魔物就會進行吸食，增強自己的實力……

「不好意思，夠了夠了。」奇諾斯挖著耳朵：「又不是在演《鬼滅之刃》，不用給自己硬塞一個悲慘的背景故事了。」

一股萬馬奔騰般的氣勢爆發開來，奇諾斯以嗜血的眼神盯向巴頓：「我想搞清楚一點，你說『吸食』魔物是什麼意思？」

「顧名思義，就是將牠們撕開八塊吃掉啊！」巴頓將體內能量催動到極限，十多條觸手從脊椎爆出，體型變得更巨大，也更加詭異。

「嗯，明白了，謝謝你。」

突然，一陣勁風襲向巴頓，疾風般的奇諾斯出現在眼前，揮出比風更快的刺拳！

巴頓瞳孔收縮，穩住馬步，以拳頭硬擋。

一道衝擊波從兩人之間爆出，巴頓噸位稍勝，硬生生將奇諾斯震開，他雙腳拔起，高舉雙拳衝過去。

奇諾斯在半空中踹了十多腳，把宛如坦克的巴頓整個人踹飛向大螢幕。

兩人的戰鬥使得古舊的戲院地動山搖，倖存的獵人根本沒有插手的餘地，只好躲得老遠以免受到波及。

奇諾斯看著體型比他巨大數倍的巴頓，吸取了魔物的原始力量確實非同小可，但跟和九頭蛇、尼德霍格的戰鬥比起來，那種自己沒法撼動的實力、稍有差池便會粉身碎骨的戰慄感，眼前的巴頓相比還差得遠。

「別用我跟人類比較。」尼德霍格剛睡醒。

巴頓穩住腳步後，伸出像巨蛇一樣的手臂。

奇諾斯斜身避開，以手刀將巴頓的手臂斬開幾截，手臂的殘骸掉落在地上，竟慢慢變回一隻死去的羊頭怪。

「嘿嘿嘿，沒用的，這種傷我一瞬間就能復原了。」觸手再次重組巴頓的手臂。

「看我拆得快還是你復原得快。」奇諾斯像猴子般撲過去，跳到巴頓的背上，雙手刺進巴頓的背部。

一塊黏合在背上的肉塊被扯出來，巴頓吃痛慘叫，伸手到背後想將奇諾斯抓下來，但奇諾斯更快，竄到他的腳下。

「吼！」巴頓發難還擊，但攻擊揮空。

奇諾斯朝膝蓋使勁一踩，像折鉛筆一樣折斷巴頓的腳，他整個人失去平衡跪下。

「你這……怪物！」

「過獎。」奇諾斯的攻勢沒有停下來，一點一點把巴頓吸食的魔物拆下來。

十分鐘後，整個戲院遍布魔物的屍駭。全身披滿鮮血，只剩下人類軀體的巴頓，生命力燃燒殆盡，癱倒在地上。

「遺言？」奇諾斯說。

「你知道自己惹了不該惹的人嗎？」巴頓嘴角不斷流淌出鮮血。

「你腦袋是安裝了ＩＥ瀏覽器嗎？這是戰鬥前該說的吧？現在太遲了白痴。」

「我不知道是誰委託你來攪亂，但如果你知道我們背後有誰在撐腰，就不會這麼囂張了。」

奇諾斯蹲下來將巴頓整個人翻轉。

「背後？沒有啊。」

「……」

此時，戲院內的魔物已全數重生，沒人注意到，所有半獸人都團團圍著聖女，做出祈禱手勢。聖女全身都發出像太陽般熾熱的紅光。

巴頓已沒氣力說話，血液充斥在口腔、鼻腔、氣管……他快要沒法呼吸了。

「噢，你們不是想知道那些半獸人薩滿一直在祈禱什麼嗎？現在你們有機會知道了。」奇諾斯說。

一直躲著的獵人開始察覺到異樣，紛紛出來走近發光的聖女。

整個戲院，都迴盪著半獸人的誦經。
「喂！停啊！有夠煩！」其中一個獵人用劍抵住半獸人的頸。
半獸人繼續念經，彷彿像蟬一樣鳴叫是牠們的生存意義。
此時，聖女指向那獵人。
「妳，臭女人！叫牠們停下來，不然我操死妳！」獵人怒罵。
聖女低聲呢喃，在場沒人知道她說了什麼，只有奇諾斯聽得懂魔物的語言：
「炸裂吧。」
與此同時，獵人像氣球一樣爆開。
就像在播放恐怖電影一樣，其餘的獵人看到這怪異的一幕，全都放聲尖叫。
「快逃啊啊啊啊！」躲在幽暗處的獵人全都現身了，就像被噴了殺蟲劑的蟑螂一樣四處逃竄。
「怎麼了，你們剛才還一直躲著呢，難道她比我更可怕嗎？」奇諾斯有點不忿地搔抓臉頰：「不過太遲了，你們全都被盯上啦。」
聖女的全身都長滿了眼睛，這些眼睛像追蹤器一樣尋找各自的目標，然後……
「碰碰碰碰碰！」絡繹不絕的爆破聲在戲院中迴盪，不消一會，戲院就跟開完派對一樣，滿地都是爆破後的氣球碎片，只剩下奇諾斯一個人。

半獸人們停止誦經，聖女身上的眼睛緊緊閉上，散發出的光芒也消退了。

有點怪異也有點好笑，從前人類跟魔物只有戰鬥個你死我活，如今所有半獸人都茫然地看著奇諾斯，宛如等待船長發號施令的海盜。

「讓我解釋一下接下來會發生什麼事，除了這群混蛋氣球之外，外面還有很多像他們的人類，多到你們沒法想像，多到妳整個身體長滿眼睛也殺不完。」奇諾斯指著戲院的出口說：「而弔詭的是，副本不會消失，你們也不能逃出去，只能待在這間戲院，所以只會有更多獵人闖進來，直到你們全被殺死為止。」

「所以……我有個想法啦。」奇諾斯露出躍躍欲試的表情：「你們願意當我的手下嗎？」

半獸人們面面相覷，似懂非懂。此時聖女慢慢走到奇諾斯面前，單手按住胸口，跟奇諾斯說了一句：「我們的性命，歸你所有。」

聖女身後的半獸人，做出同樣的姿勢，高聲吶喊。

「謝謝。」奇諾斯打開放映室的門，進去之前跟聖女與其他半獸人說：「呃……我的副本還有其他同伴，牠們知道你們加入相信會有點過度興奮，尤其是哥布林們，要是牠們拿著短劍向著你們揮舞，千萬別見怪，牠們都沒惡意。」

聖女微笑點頭，跟隨奇諾斯返回副本，史萊姆、哥布林、骷髏怪像往常一樣在門後等待。

哥布林看到同樣有著綠色皮膚，但身軀比牠們龐大數倍，滿身結實肌肉，緊隨著聖女身後走進來的半獸人戰士、投矛手和薩滿，發出了奇諾斯從未聽過的怪聲，連手上握著的短劍都在抖動。

「你們先聽我解釋……」奇諾斯還沒講完話。

「嘰嘰～～」哥布林們紛紛丟下武器，高呼著衝過去抱著半獸人的大腿、騎上肩膀、戳胸肌，還有舔耳朵。

不僅沒有惡意，更像是幼稚園學生放學看到爸爸來接放學一樣高興，有些哥布林則跳進聖女的懷中撒嬌，她應該是扮演著媽媽的角色。

連奇諾斯也沒想到，哥布林跟半獸人意外地合得來，或許是同樣種族的關係？

不過，作為同種族的人類，也會自己人打自己人吧。

更讓奇諾斯感到意外的是，由於寶聲戲院內所有魔物都離開了副本，所以門消失了。

沒想到，除了將魔物通通消滅，還有其他方法能讓門消失。

★★★

晚上，有些店鋪已經關門，俗稱大排檔的熱炒店，將桌子和椅子都擺到街道上，店內廚房不斷傳出鐵鑊與鑊鏟撞擊的聲音，熱炒的香氣彌漫，坐在室外沒有冷氣，只有吹出熱風的鐵葉風扇，食客們全都汗流浹背，但在這種大排檔，才能看到外國人搞不懂的「鑊氣」。

「怎樣，這次工作好玩嗎？」卡司莫斯把西裝外套脫下來，解開襯衫的頸領。

「還不錯，但敵人太弱了。」奇諾斯專注地用竹籤把辣酒花螺肉挖出來。

「別鬆懈，有新的工作了。」卡司莫斯將文件袋遞給奇諾斯。

「對了，這個送你。」奇諾斯把一個用報紙包起來的盒子拿出來。

「這什麼東西？計時炸彈嗎？」

「手機啊，上次不小心把你的砸爛了，是在電影常看到的那種摺疊式手機。」

「謝啦，但、但這不是智慧型手機⋯⋯」卡司莫斯說。

「帥氣比較重要！」奇諾斯把炒飯嘩啦啦地塞進嘴裡又說：「哥，這些任務真的有意思嗎？類似的非法勾當應該到處都有發生吧？」

「我之前也說過吧，異界管理局的勢力愈來愈站不住腳，這樣做是為了把大魚釣上來。」

「你要我保護把我親手丟棄的爸？」奇諾斯壓抑住內心的怒火。

「你相信我嗎？」

「誰叫你是哥。」奇諾斯聳聳背。

他們是孿生兄弟，誰是哥誰是弟，他們在小時候就決定好了，奇諾斯很樂意當個弟弟，卡司莫斯也暗自發過誓，要保護這個弟弟。

★★★

幾棟緊密相連的舊式工廠大廈，其中一個單位成為副本，由於從來沒人通報，管理局一直沒派人清理。而這個副本，如今已成為某幫派的毒品製作工廠。副本內有大約五十名鬼武士，守護者是無頭將軍。

過兩天就是交貨的日子，幫派老大帶著十多個持槍保鏢去倉庫監察製作進度，他們平安無事地走進升降機。到達該樓層，升降機門「叮」一聲打開，所有人步出升降機，才察覺到跟平常看到的大廈廊道有點不太一樣。

怎麼，廊道的天花板換成像山洞般的岩石牆？

「哎呀，被發現了。」奇諾斯將升降機門變成他副本的門，再用【造物主】把副本改裝成像工廠大廈的廊道一樣，可惜奇諾斯的藝術細胞非常有限。

「你、你是誰？」幫派老大嚇了一跳，眼前這個陌生的少年身後，竟站著數十隻綠油油的半獸人戰士。

「媽的！開槍！」老大一聲令下，身後保鏢才回過神來，但已經太遲了。

半獸人一邊吼叫一邊衝過去，營造出千軍萬馬的氣勢，幫派老大連同十多名保鏢，全數被撞得血肉模糊。

奇諾斯走到半死的老大身旁，聽從任務的指示，摸索老大身上的口袋找到他的手機。

「你竟敢偷『闇茂』的貨……？」老大的下半身被其中一個半獸人戰士踩得稀巴爛。

「啊，找到了。」奇諾斯從老大口袋掏出手機：「誰啊，名字好難聽。」

奇諾斯成功拿到手機後，發現手機上鎖了，納悶的他吹一吹口哨，骷髏怪和哥布林馬上歡天喜地跑過來，因為他們知道「拷問」時間到了，骷髏怪先用骨骼將幫派老大鎖住。

「把你的臉靠過來，對鏡頭笑一個。」奇諾斯奸笑。

「不要！情報洩露的話闇茂會殺了我！」

「你不合作的話，我會把你的臉皮割下來套在骷髏怪身上，這樣也能解鎖你的手機。」

哥布林獰笑，舔著手上的匕首，老大也只能屈服了。

「對嘛，笑一個嘛。」

解鎖後，從訊息中得悉毒品交易就在兩天後，連碼頭位置都清楚註明，完全是情報大特賣。

「你沒看過間諜電影嗎？還是只看《間諜家家酒》？通常主角會把電話Sim卡拿出來燒掉，這種機密資料看完當然也要刪掉啊！」奇諾斯皺眉。

「嗚嗚！你還想怎樣？我這次死定了！」老大欲哭無淚。

奇諾斯將所有人綑綁起來，然後踢出他的副本，用另一個手機假裝是熱心市民通報管理局，便將交易的詳情發送給卡司莫斯。

按下「發送」鍵後，奇諾斯依然沒法平靜下來，他掃視熱鬧得像兒童遊樂場的副本，雖然伙伴愈來愈多是好事，這次任務根本不用他出手，也沒有魔物受傷，實在太簡單了，是哥哥太小看他了嗎？

奇諾斯嘀嘀咕咕地睡著了。

隔天醒來，奇諾斯看看手機，發現卡司莫斯一直沒有回覆，連訊息也沒有讀取，難道是上次送他的手機壞了嗎？奇諾斯感到納悶，但又不可以大搖大擺跑去管理局找他，怕會身分敗露。

「真慢啊，難道哥又顧著追動畫嗎？魯夫開五檔有什麼了不起，嘖嘖……」

電影、小說、動畫、漫畫……通通都是卡司莫斯專屬技能【包羅萬象】的能力來源，作品愈紅愈多人看過，他的能力就會愈強。這種能力除了對不懂人類文化的魔物無效外，還對網路上某些大神無效，不管你提出的作品、歌手、明星有多紅，他們總是留言：「我從沒看過！我從沒聽過！」

曾經有一次，卡司莫斯突然說了一句：「我去秘密修練了！」

然後就推掉了由他管理的行動組所有會議，把自己關起來，一整個星期不眠不休，也沒離開過書房。行動組的人擔心他會有危險，於是冒著被罵的風險破門而入。

正當大家全副武裝衝進去救援時，卻發現卡司莫斯不僅沒有危險，還穿著背心短褲，以「富樫義博式」側躺在床上看著電腦螢幕，床墊跟地上丟滿了吃完的零食和杯麵。

「你是誰？你把卡司莫斯抓去哪了？」行動組的上校震驚大叫。

為了保持卡司莫斯那優雅、王子、神明下凡的完美形象……這天被封口為行動組少數人才知道的秘密。

兩天過了。

今晚的十一點整，就是毒品交易的時間，奇諾斯從天亮就把尼德霍格叫出來跟他對打，熟練新習得的技能【霸者掠奪】。

「臭小子！你借用我的魔力算什麼英雄！」尼德霍格說。

「我才不要當英雄！」奇諾斯回。

吃過午餐後便在副本踱步，他閒著沒事做，每隔五分鐘看一次手機，像等待情人回訊息般如坐針氈。

終於，他再也按捺不住了。

「好，我決定了！」奇諾斯像大猩猩般咆吼，把身後正在玩家家酒的半獸人和哥布林嚇倒了，咖啡和蛋糕撒得滿地都是，扮演母親的骷髏怪一邊抱怨一邊打掃。

「就看在我們兄弟分上，接下來這個工作就免費吧！」奇諾斯站起來彈響手指。

★★★

啟德貨櫃碼頭。

吹著陣陣夾雜海水鹽味的海風，海浪聲是配襯黑夜的最佳背景音樂。儘管已經入夜，二十四小時運作的貨櫃碼頭還是非常熱鬧，貨櫃車進進出出，將貨櫃夾起的機械臂從沒停過。

碼頭旁邊是被廢置的舊碼頭，除了廢棄的汽車，還有生銹的舊貨櫃及機械全都停止了運作。

一艘不起眼的小船靠近岸邊，關掉引擎靜靜待著。其中一人拿著手電筒有節奏地閃爍不停，打著獨特的訊號。

另外一人站在船頭，手上拿著兩個沉甸甸的行李箱，裡面全都是鈔票。

「嗨嗨，在等人嗎？」一道身影站在幽暗的碼頭旁邊揮手，這人自然是奇諾斯。

「貨呢？」船上的人警戒著。

「請問你是閹茂嗎？」奇諾斯問。

「我的貨在哪？」船上的人很不耐煩。

「真難搞，你是吸太多毒品吧？我跟你完全沒法溝通耶……」奇諾斯搔頭。

「蠢才，閹茂這種大人物怎麼可能會來跟你交易，但你一定知道，要是這次交易出什麼意外，他會有多生氣吧？」

「有牛頭人那麼生氣嗎？」

「少廢話，把貨交出來，不然我就不客氣了。」

幾個獵人衝上甲板，其中一個，手上揉著巨大的火球把黑夜照亮，船上的人也看清楚奇諾斯的真面目。

「原來是你！你不就是最近……」

「冷靜點，我把貨帶來了，就在上面。」奇諾斯打斷他的說話。

男人抬起頭，憑著那火球能看清楚一個貨櫃懸吊在機械臂上。

「這……什麼？」

「咔勒」一聲，貨櫃門打開，從高空落下來，像隻張開嘴巴的巨獸。

船上所有人見狀慌忙跳進海裡逃跑，但一切都太遲了，貨櫃將他們連人帶船都吞進海裡。

當然，這不是一般的貨櫃。

而是奇諾斯的副本。

還以為會喪身於大海的獵人們感覺奇怪，怎麼突然被衝了上岸呢？他們因海水跑進鼻腔而不斷咳嗽，睜開眼睛，才發現前方站著殺氣騰騰的半獸人與哥布林軍團。

其中一個全身濕透的獵人馬上催動魔力，全身爆出火光。

「呼。」

火一秒就被吹熄了，獵人回頭一看，身後的九頭蛇瞇起眼睛跟他打招呼。

「讓他見識一下真正的火吧。」奇諾斯笑笑。

九頭蛇打了個嗝，噴出高熱的火炎吐息，將那獵人瞬間燒成灰燼。

就在這時，幫派老大的手機響起。奇諾斯一邊看著半獸人跟其他獵人交戰一邊接聽電話。

「是推銷電話嗎？我沒空。」奇諾斯說。

「聽說你一直在找我呢。」

奇諾斯虎軀一震：「闇茂？」

「你這隻小老鼠一直在搗亂，會敢這樣做只有兩個可能性。要不你想自殺，要不你的腦袋比老鼠更笨。不過我可以保證，不管你是哪一個，再白痴的老鼠也不敢咬我們的貨，因為你會比死更難受。」

奇諾斯興奮得渾身發熱，那個有可能是幕後黑手的人竟會主動找他，這是多麼有趣的劇情展開啊。

「可能答案是第三個，就是要把你殺掉。」奇諾斯嗆完這句，一個被他帶進副本的毒販子獵人被半獸人軍團揍飛，他把手機緊貼耳朵又說：「等等，我這邊很吵，我先去一個比較安靜的地方。」

「每一次冒險，目的都是為了寶物。這就是我們獵人的天性吧？但告訴你啊，這是一次沒有寶物，只有死亡等待著你的冒險。不過因為你的個案比較特殊，我可以給你開出一條生路。」

「唔？哦……」奇諾斯明顯沒有專心在聽。

他按住對話筒，跟其中一個被打趴的獵人說：「喂，你們有寶物要給我嗎？」

「唔嗯……」這獵人被半獸人薩滿的詛咒法術打中，肚子隆起得像十月懷胎的孕婦一樣，每次他一張開嘴巴，就會不斷吐出腐臭的老鼠屍體。

「看來沒有。」奇諾斯聳肩。

俗語說，衡量半獸人的戰力不是「加法」，而是「乘法」。

身型壯碩的半獸人本來就是好勇鬥狠的種族，若達到某個數量的同族一起戰鬥，便會進入「狂怒」狀態，半獸人會忘卻痛楚，氣力、力量與速度都會得到加持。

戲院副本所有半獸人與薩滿加起來也沒法達成這種效果，所以當初管理局將戲院副本評為較低危險性。但若果加上奇諾斯的哥布林……那就綽綽有餘了！

奇諾斯先用骷髏怪組成骨架，讓哥布林可以乘坐在半獸人的背上，作戰時一方面有保護作用，另一方面哥布林可在上面投矛灑毒藥丟垃圾。雖攻擊力不高只能擾敵，但卻能符合「狂怒」狀態的條件。

亦因為這個原因，與被「吞」進副本偷運毒品的獵人們戰鬥，半獸人一方取得壓倒勝的優勢，這次成功的奇襲不消一會便將他們打得落花流水，其中一個獵人被抓住腳重重摔了幾下，內臟全數破裂的獵人拚盡最後一口氣說：「咳咳，來，讓他們見識我們的威力。」

半獸人像拋垃圾一樣將他拋到後方，其餘的獵人慌忙跑過去，像玩遊戲般飛過去壓在另一個人身上。

他們的身體互相堆疊，擠壓，手腳互纏，再擠壓，最後形成一個小山。

【人多事成】：那由十多個獵人組成的小山，變成一個比半獸人還巨大好幾倍的巨人。

「噗哈哈哈，你以為是機械人合體嗎？這招好遜！」奇諾斯大聲嘲諷。

「喂喂，你有在聽嗎？」電話另一端傳來不耐煩的聲音。

面對合體後的巨人，半獸人戰士依舊無懼衝上去硬撼。但巨掌一掃，半獸人被通通拍開，聖女在後方施以詛咒，全身眼睛張開，死盯著巨人。

下一秒，聖女眼神瞳孔收縮，巨人的速度竟沒有因身軀龐大而減慢，在眾人來不及反應之際，已衝到聖女面前，巨拳砸落！

幾個半獸人薩滿馬上擋在前施展護盾法術。

一聲巨響，地面被轟出一個隕石墜落般的坑洞，薩滿重傷倒地。

奇諾斯對著電話筒說：「抱歉，你的小弟實在太有趣了，我必須去親自招呼一下。」

「收手吧，現在投降仍來得及，解決一些嘍囉沒必要沾沾自喜，不單不會讓你得到讚賞，還會惹怒我們，你的下場會很慘。」

「嘰嘰？」話筒中只傳來哥布林的叫聲。

原來剛才奇諾斯已經把手機遞給哥布林跑掉了。

「……」闍茂無語。

奇諾斯已走到聖女身旁，她正為薩滿施法治療。

「放心交給我吧。」奇諾斯筆直地步向巨人：「喂，我現在判定你為闖入者。」

「小心，是那個將我們送進這奇怪空間的少年！」巨人的側腹長了張獵人的臉。

此時，奇諾斯使出【垂直天秤】。

當確認對方是闖入者，闖入者對奇諾斯及已經【馴化】或【召喚】的魔物造成的傷害愈大，能力就會增幅愈強。這能力增幅能應用在奇諾斯或其他魔物身上。相反，闖入者對魔物愈友善，技能便會使奇諾斯變弱。

「不用怕，我們已經合體了，擒賊先擒王，我們先把……」獵人才說到一半便頓住了，因為找不著奇諾斯的蹤影。

「你們真的好醜，害我不知道該揍哪張臉才對。」

聲音從頭頂上方傳來，獵人抬頭一看，奇諾斯如離弦之箭般的拳頭，呼嘯著擊中他的鼻子。

一聲骨骼碎裂的爆響，巨人雙眼反白失去意識倒地，宛如模型從櫃上掉到地面一樣迸裂碎開，恢復合體前的原貌。

全部獵人都昏死了。

「真沒趣。」奇諾斯甩著冒煙的拳頭，從哥布林手中接過手機：「我這邊完事了，你剛才說什麼？喂喂？」

電話另一端沒有回應，就在這個時候，其中一個獵人雙手摀住頭，狀甚痛苦。

「喂喂，又來喪屍這一套嗎？我在獵人考核時已經玩過了。」

「啊啊啊！好痛！闍茂大人……求求你不要！」

驀地，那獵人的頭顱像氣球一樣爆開，血液當場噴射四濺，一個瘦長的身影不知從哪裡冒出，站在血霧當中。

那身影東張西望，像在參觀博物館一樣，對奇諾斯的副本嘖嘖稱奇。

「真有趣呢，看來你的能力跟『門』有關？沒想到你跟傳聞一樣呢，太令人興奮了，想深一層，那真是命運的安排啊！」身影喋喋不休，他的聲音妖媚，似男非女。

血霧散去，現身的是一個瘦骨如柴的男人，他赤裸上身，一身鋼筋般精煉的肌肉，穿著緊身黑色皮褲，還有一頭零亂的沾血頭髮。

他正是名列「十二獸」之一的閹茂。

奇諾斯感到訝異，他早就聽過十二獸的大名。但他們是總統凱特雷的直屬管制部隊，為何會出現在這裡？剛才的獵人跟他是一伙的，這樣看來，是總統已經管不住他們了。

十二獸的命名，源自古人觀察天體運行的方法，就跟十二生肖差不多，但總統凱特雷卻用了「歲陰」來將他們命名，因為他曾說過：「他們具備神魔一般的能力，卻擁有一顆野獸的心臟，任何籠子都困不住，更不該用一般的方式去稱呼。」

十二獸分別是：困敦、赤奮若、攝提格、單閼、執徐、大荒落、敦牂、協洽、涒灘、作噩、閹茂、大淵獻。

順帶一提，代表閹茂的是「狗」。

奇諾斯抓抓頭一臉困窘，眼前的十二獸跟他的認知有明顯差距。他一直以為十二獸就像圍繞父親的禁衛軍般的存在，但以目前的狀況來看，更像是不受控制的危險人物。

閹茂以不疾不緩的步伐邁步向前，他每走一步，地上都會沾染上鮮紅色的足印，身後伸延一條用血鋪成的軌跡。

髮絲、下巴、指尖、褲管……血不斷涓涓流下，不知血從哪裡來的，彷彿永遠都流不完。

他完全無視全副武裝警戒著的半獸人部隊，大搖大擺來到奇諾斯面前。

事實上，不是半獸人不動手打他，而是動不了。

雙手發抖使不上力，明明沒在戰鬥卻氣喘吁吁，這次是半獸人們首次感受到何謂恐懼。

「聞名不如見面，我叫闍茂。多多指教。」闍茂展露微笑，雪白的牙縫間滲出鮮紅，伸出沾滿血的右手。

「這裡是我的主場，誰批准你進來？」奇諾斯不敢輕舉妄動。

「連握手也不敢嗎？那就算了。」闍茂把手收回去。

「喂！小子！你要小心一點，這個人不是泛泛之輩，我只能借一部分的魔力給你，他的魔力在你之上。」尼德霍格出聲提醒。

「入侵者。」奇諾斯指著闍茂。

下一秒，闍茂發現光線被一個巨大的陰影遮蔽。一回頭，九個頭顱分別對著他張牙舞爪。

「把這位先生趕出去！」奇諾斯下令。

九頭蛇下顎鬆脫，吐出一個巨大的火球，闇茂身影化成一陣血霧飄到半空，火球只把地面轟出一個焦洞，九頭蛇從地拔起甩出尾巴。

「哎吔，你的寵物還真活潑，是你用能力控制牠嗎？還是牠會自主行動？」這次闇茂沒有格擋也沒閃避，整個人被撞飛。

「別亂說！九頭蛇才不是我的寵物！」

九頭蛇感動得吐著舌頭，奇諾斯又補充：「牠是我的手下！」

「咳咳。」闇茂從石堆中爬出，他站起來拍拍身上的沙石，但沒太大幫助，本來就全身沾滿血的他現在還黏滿沙石，看起來變得更髒了。

接著，他眼神變得陰沉，幽幽地指著九頭蛇說：「畜生，你沾了我的血呢。」

九個頭顱慌張地四處尋找，最後發現其中一個頭的上顎不知何時沾了闇茂的血。

「我的能力是自由操控血，但可以控制到什麼程度呢？我來示範一下。」闇茂伸出手掌，九頭蛇嘴上的血綻放出異色的光芒。

「快逃！」奇諾斯發現不對。

九頭蛇用尾巴把嘴角的血擦掉，結果沾得全身都是血跡，奇諾斯只好用【造物主】在牠面前築起一道石牆。

突然，闇茂五指闔上：「咬。」
「咔勒」一聲，九頭蛇其中一個頭顱瞬間被削去大半。
「咬咬咬咬咬！」
身軀其餘沾有血跡的部分也被逐一削去，九頭蛇在地上扭動身軀慘叫。
「給我住手！」奇諾斯再也按捺不住，朝闇茂衝過去，但不慎踏中地上留下的血軌，闇茂身影消失。
下一瞬間，闇茂輕輕地捏住奇諾斯的頸背。
該發動【霸者掠奪】嗎？正當奇諾斯有此打算，卻被一直隱藏的尼德霍格叫住：「別衝動！」
「放心吧，這次我來的目的只想跟你打個招呼，近距離看清楚你。」闇茂手上的血像有生命似的，慢慢爬到奇諾斯的臉上。
「相信我，我不是你的敵人，加入我們吧，我們的大業需要你。」闇茂說。
「大業就是運毒嗎？聽起來薩諾斯都比你好得多。」奇諾斯說。
「我們十二獸打算糾正已經腐敗透頂的管理局，共創一個更美好的世界。」
「所以你打算殺死總統奪權嗎？那正好呢，我也對他恨之入骨。再加上以你們的能力，應該不用我幫忙吧。」

「呵呵呵，真是狠心的不肖子呢，不過總統的死只是第一步。」闇茂湊近奇諾斯耳邊：「我們找到方法將魔物從副本中解放出來，但需要用到你的能力。」

「你……想將魔物帶到人類的世界？」奇諾斯驚訝得瞠目結舌，根本沒法想像會造成何等嚴重的後果。

「沒錯，別這樣快拒絕嘛，我還有一份見面禮想送給你呢。這些年來，家人視你為一個『詛咒』，你想知道為什麼嗎？難道你不想知道，為什麼當年父親選擇拋棄你，而不是你的哥哥嗎？」

奇諾斯沒有說話，一直藏在內心深處的疑問再次浮現。

「很想知道吧？讓我來告訴你吧。其實你只是個……」闇茂說到一半就沒法繼續下去，此刻他全身都像觸電般麻痺，連頭髮都豎起。

「人類，到此為止。」尼德霍格現身。

「嘩～是傳說中的黑龍，聽說你因為愛上人類而被殺死，我還以為只是傳說，強大的黑龍怎麼可能會被普通的獵人征服？但原來是真的，你也是他的手下嗎？」闇茂一緊張起來就會不停說話。

尼德霍格噴出有電光繚繞的黑色火炎。

「看來這次沒法好好聊天，後會有期了，奇諾斯。」闇茂在火炎觸及前，化成血霧消失得無影無蹤。地上的血軌消失，不斷吞噬著九頭蛇的攻擊也停下來了。
確定安全後，半獸薩滿跟隨聖女過去替九頭蛇療傷。
正當尼德霍格打算變回披風，卻被奇諾斯叫住：「等等！」
「你知道些什麼吧？」
「……」
「別忘了我們的意念相通，所以別再隱瞞我了。」
的確，尼德霍格感覺到一陣強烈的悲傷情感從奇諾斯傳來。牠知道要是繼續隱瞞下去，奇諾斯可能會為了知道真相而釀成大錯。
「好吧，那麼你聽好了……你哥哥出生的時候，並不是雙胞胎。」

第八章

一星期後，卡司莫斯終於回覆奇諾斯，並約他見面。

隨著家用電腦普及，網咖這個娛樂場所幾乎絕跡，堪稱時代眼淚，收費愈來愈便宜，地方衛生也愈來愈糟糕，昏暗的燈光，黏稠的地板和鍵盤，配搭濃烈的菸味，成為大部分人對網咖的印象。

然而，那裡是卡司莫斯與奇諾斯常私下造訪的最佳消遣場所，打遊戲、看電影、看動畫……返回管理局，卡司莫斯渾身沾滿臭臭的菸味，飄進女性工作人員的鼻子裡，就變成魅力十足的男人味。

卡司莫斯利用技能【包羅萬象】施展在鬼片常看到的鬼遮眼，店員完全察覺不到他進去。

奇諾斯每次都比他早到，卡司莫斯自然能猜出原因。奇諾斯的副本，就在網咖內。

卡司莫斯一屁股坐在旁邊，奇諾斯正在看經典的香港電影《無間道》。一部好電影，除了百看不厭，從哪裡開始都能讓人看得入神。

看到梁朝偉飾演的陳永仁，教傻強寫保鏢的鏢卻寫成「標」字。奇諾斯突然開口問：

「哥，你有沒有覺得我就是梁朝偉？」

「你說外貌嗎？」

「我指我正在做的事啦，我幫你處理麻煩的事，下次有工作你給我打摩斯密碼就好了。」

「一點也不像啊，我們比他們強多了。」

「沒錯，我們兩個加起來天下無敵！」

兩人一唱一和，不知不覺便看到劉德華飾演的劉建明從升降機步出，奇諾斯調侃：「哈，他的同伴也太廢了！」

電影播放完畢，螢幕變黑，映射出卡司莫斯跟平常不一樣的臉龐，奇諾斯皺眉回頭：「誰把你打成這樣？」

卡司莫斯臉上包紮了繃帶，嘴角腫起，身上各處都是傷。

「我顧著用手機看漫畫，不小心摔倒而已，你也有看吧？五條悟被斬成兩截了。」

卡司莫斯輕描淡寫。五條悟是熱門作品《咒術迴戰》的角色，因突然被敵人斬開一半而引起漫畫迷熱烈討論。

「上下半身分開行動比較強吧，哈哈哈。」奇諾斯說。

「嗯，那就這樣吧，今天也差不多了。」卡司莫斯站起來揉著包紮的手。

「那麼快？我還打算看第二集和第三集耶。」

「管理局那邊忙得要命，反正我也不喜歡《無間道》的結局。對了……」卡司莫斯拿出一個文件袋放在奇諾斯桌前：「下次的工作，資料你好好看一下，有一個副本被獵人非法占據，當成色情場所。」

「色情場所？那副本有什麼魔物啊？」

「半人馬。」

「噫嘔，你要結帳喔。」

卡司莫斯揮揮手，慢步離開網咖。

奇諾斯則打開老舊的經典射擊遊戲，把電腦殺得落花流水。他直直盯著螢幕，槍聲與爆炸聲在網咖絡繹不絕地響起，腦海卻想起尼德霍格跟他說過的話。

「你哥哥出生的時候，並不是雙胞胎。」尼德霍格與奇諾斯有共享記憶，但尼德霍格的記憶量過於龐大，奇諾斯沒法完整察看。

「什麼意思？」

「在你哥快要出生時，就像蟲子看到燈光一樣，『門』不斷出現在異界管理局，情況不斷惡化，幾乎整個管理局的門都變成副本，再持續下去整個管理局都會崩潰，為了保住權力，總統特地找來一個能夠將靈魂分割的獵人。」

「靈魂分割？」

「難道你不覺得奇怪嗎？你連一丁點魔力也沒有，任何人都應該擁有魔力，它是靈魂的能量，就連一個嬰兒也會擁有魔力，除了屍體……」

奇諾斯記得在獵人證考試場，工作人員也說過同樣的話。

「他們找來一具夭折的嬰兒屍體，將你哥受詛咒的靈魂放進你的體內。為了讓靈魂完全適應新的身體，他們把你養到三歲，然後像獻祭一樣將你丟棄在副本，只要你死了，詛咒就會結束。」

「所以說，我不是人，只是一個承載詛咒的容器？」奇諾斯嗤了一聲，覺得這樣的身世很好笑。

「可以這麼說，他們沒想到你能活下來。而你的父親從一開始就錯誤解讀預言師看到的未來畫面，誤以為異象是因為魔物對他下了詛咒，但事實是就如闇茂所說，有方法能夠令魔物突破副本的限制，而你就是那把鑰匙，這亦是十二獸邀你加入的原因。」

奇諾斯閉起雙眼，拚命將瀕臨爆發的情緒壓制下來。尼德霍格沒說出來，是不想影響兩兄弟的感情，但若從闇茂口中得知真相的話，他肯定會更傷心吧。

奇諾斯沒將這件事告訴卡司莫斯，因為覺得沒必要，也太矯揉造作了，這種事他自己一個人承受就夠了。

如今奇諾斯有兩個選項，加入十二獸，奪去管理局的權力，向丟棄他的父親報仇；或將這件事如實告訴卡司莫斯，讓父親可以有所防範。

奇諾斯並不是深思熟慮的類型，很快他就下定決心。

他選擇的，是第三個選項。

一直以來被利用得也夠多了，這次他想自己作主。

離開網咖後，他按照卡司莫斯的文件來到住滿半人馬的副本，映入眼簾的是十幾個像蟲一樣蠕動身體的變態，以及半人馬淒厲的嘶叫聲。

「看來今晚要做惡夢了。」奇諾斯摀住雙眼。

他掃視四周，駐守在副本的獵人約有十多個，只是一堆雜魚，數量再多十倍也不是問題。

其中兩個實力比較高，看到奇諾斯出現馬上掏出武器警戒。

「你就是傳聞中那個能使喚魔物的獵人？」其中一個拿雙刀的獵人說。

「哦哦，要幫你簽名嗎？」

「別過來！」另一個獵人用手槍抵住一隻半人馬的頭。
「拿魔物當人質，真有創意。」奇諾斯摸摸下巴。
看到奇諾斯站在原地沒動，其他獵人便上前將他包圍住。
「你們想聽鬼故事嗎？」
說畢，副本內突然多了一團綠色的火在半空飄來飄去，還發出忽遠忽近的金屬撞擊聲。
之前搗破毒品製作工廠的大廈裡也有魔物，奇諾斯將那些鬼武士與無頭將軍帶回自己的副本了。
「噗」的一聲，夾帶著閃電的烏雲籠罩整個副本。
無頭將軍伴隨一陣馬匹的踏蹄聲與嘶叫聲憑空出現，騎著幽靈馬在副本上空徘徊，繡著骷髏頭的旗幟飄揚，吸引在場獵人們的注意力。
「把牠射下來！」獵人們向牠開槍，子彈卻只打中將軍身後的牆壁。
「別害怕，只是幻覺！」獵人們背靠背緊靠在一起，將軍揮舞手上的大刀，在半空中圍繞他們盤旋。
「哈哈，我早就說這是幻覺，現在牠不敢靠近了！」獵人把槍扛在肩上。
「你們看！」其中一人察覺到地上的影子有點詭異，一雙發出綠光的眼睛潛伏在影子內。

「影子！小心！」獵人們又向著自己的影子瘋狂射擊，把地面轟出像蜂巢般的坑洞。

影子從地面冒起，變成立體的人形武士，彷彿細緻的剪影工藝品一樣。

「幻……幻覺……」話沒說完，鬼武士從下以上斜劃一刀，將獵人的腦袋削走。

短短五分鐘，地上已布滿一顆顆掛著崩潰表情的腦袋。

「沒難度呢。」此時一直躲在暗處的奇諾斯才走出來跟半人馬說：「抱歉，我沒辦法送你們回去屬於你們的地方，你們要不要來我的副本？」

半人馬馬蹄踏著碎步躊躇著，確認剛才屠殺獵人的鬼武士跟奇諾斯是同伙的，並不會傷害牠們後，才放下戒心點頭答應。

「太好了，哥布林一直想騎馬，你們跟我來吧。」奇諾斯打開副本的門。

驀地，他感覺到一陣強烈的暈眩，眼前的視野泛起多重影像，半人馬也像喝醉酒般腳步蹣跚，沒法穩穩地站著。

「老師有教過你不可以隨便奪去別人的財產嗎？」一把妖魅般的聲音傳來，奇諾斯左右張望尋找聲音的主人。

不知何時，在他面前不遠處，站著一個矮小的少年。他的皮膚蒼白，長髮及肩，擁有一雙像爬蟲類的窄長瞳孔。

「想嚇死人嗎！你在Cosplay大蛇丸還是佛地魔啊？」奇諾斯後退一步。單是短暫的對峙，便讓奇諾斯全身寒毛直豎，那宛如針刺般的戰慄感，顯示眼前的人絕非泛泛之輩。

他正是十二獸之一，代表蛇的「大荒落」。

雖是第一次見面，但奇諾斯知道他是何方神聖，因為在哥哥卡司莫斯的文件中有提到過。果然，這次不是一般的簡單任務。

「真是讓人興奮莫名啊！」奇諾斯一下手勢，指令鬼武士潛入地底。

「我聽闇茂說過你的事，小孩，遊戲到此為止了。」大荒落說。

「嘖，我長得比你高，你才是小孩耶矮子。」奇諾斯回嗆。

「不知天高地厚，我先跟你上一課。」大荒落輕輕踏地：「不要在我面前玩這種鬼怪的把戲啊。」

驀地，地面劇烈一震，剛才的暈眩感再次襲來，同時奇諾斯也感受到強大的力量在地底竄動。

下一秒，潛伏在地底的鬼武士們就像被電擊的魚一樣浮上地面，完全癱瘓失去戰力。

「非實體的魔物，只要用純粹的魔力波動就能解決。你還有其他魔物手下吧？把牠們通通叫出來，我繼續教你有用的知識。但我盡可能不想埋身肉搏呢，我比較喜歡先將獵物毒殺再吃掉比較安全。」

「十二獸都是這模樣嗎？不單個性扭曲，話又很多，難怪沒朋友……」奇諾斯用尾指挖耳孔又說：「我小時候跟史萊姆玩耍，身體早就有毒液的免疫力了。」

「噢噢，看來你有點誤會了，竟用我的毒與一般毒液比較，真讓人傷心呢。」大荒落豎起兩隻手指：「第二課，我的毒是以改變魔力的特性製作而成，你知道這是什麼意思嗎？」大荒落故意停頓。

奇諾斯腦袋一片空白。

「簡單來說，意思就是能穿透任何物質，直接攻擊內部。而且不受物種限制，不論是你，還是那隻伏在你肩上隱形的小蜥蜴。沒法防禦、沒法抵抗、沒有解藥，而且……你一點也察覺不到吧？」

大荒落豎起三隻手指。

奇諾斯警戒地後退了一步，快速環視四周。

「我已經開始將毒投放出去了。」

「我剛才沒聽錯吧？小蜥蜴是指我嗎？小子，讓我把這怪胎一口吃掉……」尼德霍格才說到一半就停頓住了。

突然，奇諾斯覺得周圍變得一片寂靜，只剩下嗡嗡嗡的耳鳴。快速檢視一下身體，變得輕飄飄的，體內有什麼東西被奪去了。

他繼續嘗試瞭解這奇怪的狀況……他能聽見腳步踩在沙石上的磨擦聲，以及撲通跳動的心跳聲。

沒錯，是氣息消失了，包括生命的氣息，空氣流動也停頓了，彷彿空間變成真空。為安全起見，奇諾斯想使用技能【霸者掠奪】包裹自身做出防護，卻發現體內沒有半點魔力。

「尼德霍格！尼德霍格！」奇諾斯用意念呼喚，但沒有任何回應。

他能與尼德霍格意念互通，他感覺到牠害怕得渾身顫抖……

「喂！笨龍！你在幹嘛？」

「你沒看到嗎？是她……原來一切都是她，她回來了！她想要我的命，快逃……」

奇諾斯從未見過尼德霍格如此驚惶，亦看不到眼前有牠口中的「她」。

「你意思是，當初出賣你的人回來了？」

「沒錯！快逃！她打算用刀割開我的鱗片，把我的血喝光，再吃掉我的心臟！」

奇諾斯感到訝異，眼前站在原地的仍只有大荒落。

「喂，這是你的把戲嗎？別以為這樣可以嚇怕我。」

「嘿嘿嘿。」大荒落發出奸詐的笑聲。

奇諾斯想邁步往前，卻被尼德霍格的披風拉扯住。

「別過去！你想死嗎？」

「你好好休息一下。」奇諾斯將披風脫下來。

「別去！」此刻的尼德霍格竟縮成一團，像隻被欺凌的小狗一樣。

「我的毒能直接入侵目標的腦袋，變成他內心最恐懼的東西。」大荒落解說。

「難怪尼德霍格會看到當初背叛牠的人……」

「你看到我開始變身了吧？我變成什麼？是大怪獸嗎？還是八爪魚？」

「你……」奇諾斯表情怪異：「噗……哈哈哈哈哈！你變成一顆花椰菜了！哈哈哈哈！」

奇諾斯最怕吃菜。

奇諾斯笑到腰痛，眼前的敵人變成一顆矮小的花椰菜，任誰都會笑到窒息才停下來吧？

驀地，奇諾斯手一晃，銀光閃爍，匕首握在手中，他壓低重心衝到大荒落面前，朝他的胸口連刺試探。

「你流出來的血也是綠色的嗎？」

「很可惜你看不到，別小看我的技能，也別輕視你的恐懼。我的毒會愈鑽愈深，將你藏在心底裡的恐懼挖出來。」大荒落伸出手掌將匕首擋下，發出「鏘鏘」清脆的聲響。

一般匕首沒法對十二獸造成傷害是意料中事。奇諾斯一邊從多個角度快攻，一邊留意著大荒落的動作，想辦法弄清楚他是如何製造幻覺。

技能的呈現源於獵人的個性，所以任何能力都有破綻與發動規則。

一愣神，大荒落花椰菜的形象像海市蜃樓般變得模糊並開始異變，變成一個高大的男人身影。

奇諾斯錯愕，雖然影像模糊，但那身影的站姿，肩膀的寬度與呼吸前的起伏，都跟記憶中的「他」一模一樣。

他的父親，這個國家的總統凱特雷。

對奇諾斯而言，除了深入骨髓的憎恨，還有像藤蔓般繚繞內心的恐懼。

他強行從驚恐中回過神來，大荒落仍以父親的形象站在原地沒有乘機偷襲。

是太小看他了吧？正當奇諾斯鬆一口氣，突然，頭頂的光線被一道黑影遮掩。

「死死！」一塊圓形的肉球不知從哪裡冒出，從上空砸向奇諾斯。

奇諾斯靠本能反應翻滾避開，肉球轟向地面炸出巨大坑洞。

圓球下方伸出雙腳站立起來，然後伸出雙手，最後光滑的頭顱從頂部突出。一雙細小的眼睛盯著奇諾斯，扁平的鼻孔發出粗獷的吸氣聲。

他是十二獸代表豬的「大淵獻」，剛才的人肉炮彈攻擊，彷彿耗盡了他的體力，雙手撐著膝蓋大口喘著氣。

「你也是幻覺嗎？」奇諾斯後退幾步，如今尼德霍格仍在混亂狀態，沒法借取魔力，所以沒法使用【霸者掠奪】。眼前兩人都是頂級的強者，魔物們沒法派上用場，就算使用【垂直天秤】也必須承受攻擊後，才能獲得能力增幅。

但這種導彈級數的攻擊……根本連一下也承受不起啊！

突然，仍留在坑洞的大淵獻的身影突然消失。奇諾斯拔地躍起，尋找對方的位置。

大淵獻身形胖碩，雖破壞力驚人，但只要專注應對的話應該不會被打中。

不過，他在哪？

奇諾斯眼角餘光瞟向大荒落，他仍以「父親」的形象站在原地。

「嗄……」突然，喘氣聲從耳背傳出，奇諾斯猛然回頭，像鉛球般的拳頭已貼近他的鼻尖。

「碰！」

腦袋在頭蓋骨內像彈珠一樣劇烈撞擊，他到底從哪裡冒出來的？

奇諾斯咬緊牙關，胡亂揮舞匕首，大淵獻沒法避開，手臂被劃出一道血痕。

「痛痛……痛痛……」大淵獻用舌頭舔舐流淌不停的血。

「活該！那是出血匕首，你會陷入持續出血的狀態。」奇諾斯抹掉鼻血，忍住嘔吐的衝動。

大淵獻像蠻牛一樣筆直衝向他，氣勢很猛，但速度慢得連老太婆都比他跑得還要快。

然而，大淵獻再次消失了。

奇諾斯嘗試從大淵獻手上滴下來的血液追蹤他。

「撞撞。」

但瞬間整個人又被大淵獻撞飛，幸好奇諾斯及時用【造物主】改變副本的構造減輕傷害。

「咳咳，是你的毒吧？」奇諾斯血流披面，他感覺到頭蓋骨上有一個可怕的大缺口不斷湧出血液，耳朵深處還傳出在水底的迴音。

「我們是最強的組合呢。」大荒落掩著嘴笑。

「強強！」大淵獻做出相撲手的跺地姿勢，這次他的身體膨脹得像山一樣高。

「嘰嘰～」熟悉的淒厲叫聲從頭頂響起，奇諾斯禁不住抬頭一看，哥布林被九頭蛇兩個頭顱撕開兩半，綠色的血液如噴泉般，而內臟流淌到他身上。

奇諾斯驚恐地張大嘴巴。

「哎喲，你又看到什麼恐怖的嗎？」大荒落說。

回過神來，哥布林和九頭蛇都消失了，恐怖的心悸仍殘留著。

「拳拳！」大淵獻再次從奇諾斯的視線死角出現，掄起雙拳。

轟！

幸好，奇諾斯早一步用【造物主】讓自己躲進地底，不然這記重擊肯定當場讓他腦漿四濺。

「別躲躲！」大淵獻像發瘋一樣狂轟地面，岩石炸裂噴射。

奇諾斯像地鼠一樣從地底鑽到大荒落的背後。

「抓抓到了！」出現在眼前的，竟然是大淵獻？奇諾斯馬上縮回地底。

「哈哈，你很怕他嗎？我還以為你天不怕地不怕呢。」殘像消失，原來是大荒落的幻像。

奇諾斯渾身是血，眼神渙散，兩隻哥布林在旁扶著他才勉強站得穩。

「原來是這樣啊，知道了。」奇諾斯跟哥布林竊語。

「為求自保，還是選擇犧牲魔物吧？嗯，這才是作為獵人正確的思維啊。」大荒落說。

「唔唔，你說你完全看不到幻覺嗎？其他躲著的同伙也看不到？怎麼會這樣呢？喂，花椰菜，為什麼其他人看不到幻覺呢？」奇諾斯把眼睛的血抹掉，緊盯著大荒落：「還是說，這是你技能的限制？」

「……」大荒落嚥下口水。

此時，奇諾斯高高躍起，剛好躲過大淵獻的重拳攻擊。

「不可能能！」大淵獻吼著。

雖然看不到大淵獻的蹤影，但他並非消失，隱形也不是他的能力，是大荒落的毒令奇諾斯暫時無法看見。

但有趣的是，哥布林能看得很清楚。牠將大淵獻位置告訴奇諾斯，由於速度不快，奇諾斯這下能與他保持安全距離了。

「奇怪了，為何你不做出攻擊？以你的實力，跟那肉球合起來，要殺我易如反掌。」奇諾斯打了個後空翻，輕鬆避開衝擊。

「還有就是，哥布林和其他魔物也沒產生幻覺，真奇怪呢。難道說……你的能力只能對最多兩個目標施放？所以你選擇了我和尼德霍格，而其他魔物沒受到你的毒影響。」

「大荒落的臉青了，像花椰菜一樣。」哥布林告訴奇諾斯。

獵人與獵人間的戰鬥勝敗，除了關乎戰鬥技巧，魔力量多寡，還有技能的運用也很關鍵。

曾經有獵人分析專家說過，技能是個性的投射，技能強度則視乎使用者對自己的技能有多大自信。所以技能的機制被對手悉破，是獵人的大忌。

大荒落怒目盯著那隻打小報告還對他賊笑的哥布林，但惱怒並不能掩飾他的心虛。

「嘿，你該不會以為憑你的魔物能擊敗我吧？」大荒落在虛張聲勢。

「果然跟我說的一樣吧，五條老師上下半身分開行動比較強，因為即使強如五條老師，也沒人對只剩半身的他感到在意。」接著，奇諾斯指著大淵獻：「我將你判定為闖入者！剛才的攻擊我必百倍奉還！」

大淵獻絲毫沒有反應，只像靈魂出竅一樣站著。

接著，奇諾斯跟哥布林抬起下巴，以同樣的輕蔑眼神轉向大荒落：「你沒攻擊過我，你一點用處也沒有。」、「嘰嘰，吐。」

奇諾斯使用技能【垂直天秤】，從兩人闖入副本的那一刻開始，所有對他以及魔物的攻擊都轉換成能力增幅，包括大淵獻多次重擊，也包括鬼武士被魔力波動打到像翻肚金魚。

而奇諾斯選擇附加在……

「哈哈哈，忘了嗎？你中了我的毒啊！」大荒落又說：「只要我不解除它，你永遠不可能攻擊到我。」

說畢，奇諾斯看到眼前多了數十個父親的身影，沒法分辨哪個才是真正的大荒落，又或許通通都是假的，真正的大荒落躲在岩石後。

的確如他所說，中毒後根本沒法擊中他。可是……

「還有我啊。」卡司莫斯突然出現在大荒落背後，用手捏住他的頸背。

「你……？不可能！」大荒落無比驚愕。

「哈~你以為那是幻覺嗎？他可是貨真價實喔。」奇諾斯竊笑。

「但我明明看到你離開網咖……」

「我一直都在這副本裡啊。」卡司莫斯說。

「一直？」

「我就猜到你們會在暗中偷聽，所以我們用暗語，在網咖我早就跟哥商量好計劃了。」

「這就是電影和動畫的共通語言啊，你這麼悶的人，一定沒看過吧？」奇諾斯睨視了卡司莫斯一眼後，兩人格格大笑。

在網咖，奇諾斯早就懷疑他被跟蹤，於是他播放《無間道》電影，卡司莫斯來到網咖，奇諾斯便把電影進度調到其中一段毒品交易，劉德華飾演的劉健明為了通知黑幫老大韓森，向全區域發放手機訊息：**「有內鬼，終止交易！」**

卡司莫斯只瞟了一眼，便知道發生什麼事，而事實上，他也早就心裡有數。卡司莫斯還推斷，如果十二獸去找奇諾斯，一定會招攬他加入。

然而，奇諾斯只說了一句：「我們兩人加起來就天下無敵了！」消除他的疑慮。

然後，兩人開始擬定計劃。

「五條老師上下半身分開行動比較強呢。」奇諾斯提議。

卡司莫斯離開網咖，而奇諾斯順勢將網咖的出口變成副本入口，讓他藏匿起來。

然而，卡司莫斯也沒法估計哪個十二獸會落入圈套，結果是大荒落與大淵獻。為了觀察他們的弱點，卡司莫斯一直待在暗處等待時機。

「總而言之，為了讓你們中計，我犧牲可大了！」卡司莫斯擺擺手。

這段藏匿的日子，他每晚都躲在哥布林睡覺的洞穴內，哥布林將他當成玩伴……不！玩具比較貼切，扯他的頭髮（哥布林大部分都是光頭，在牠們眼中有頭髮就要有被拔光的覺悟），還有丟大便（白色衣服就要有被弄髒的覺悟），用匕首刺腳板（皮膚光滑就要有被刺傷的覺悟）。

除此之外，因為卡司莫斯的獨特魅力，奇諾斯才發現原來骷髏怪是女性。每次卡司莫斯經過，骷髏怪都會擺首弄姿對他拋媚眼。

大荒落強自鎮定下來，他想維持技能的施放，精神力就不可以就此崩塌：「你出現那就太好了，我可以替十二獸其他人報仇！」

「同伴？報仇？據我所知十二獸第一條規矩，只需擊敗任意一位十二獸，便能無條件替補加入，我還以為你們都是冷酷無情呢。說起來，我也有資格加入啊。」卡司莫斯淡淡地說。

突然，大荒落用魔力化成尖刺，從地底冒出射向卡司莫斯。

卡司莫斯身影消失，避開尖刺再次出現在同一位置，鉗住大荒落的頸背，所有動作只在一瞬間發生。

「別亂動，別急著尋死好嗎？」卡司莫斯轉向奇諾斯：「弟，你的觀察力不錯，能看穿他們的弱點，但有一樣東西你看漏眼了。」

「什麼？」奇諾斯說。

「喳？」哥布林也跟著疑惑。

「他的能力限制不是兩人，而是三人。」卡司莫斯豎起三隻手指。

「三個？不可能啊！」奇諾斯指指自己，又指指尼德霍格。

「一個是你，另一個是黑龍尼德霍格，還有第三個是他……」卡司莫斯指向大淵獻。

此時，大荒落想趁機掙脫，卡司莫斯卻以更快的速度加重力道，令他痛得脖子仰後。

「第二次警告，我有信心可以在一瞬間捏碎你的頸椎。」

此時，奇諾斯把玩著手上的匕首走近：「我勸你別解除尼德霍格，牠會在兩秒之內把你燒得一點也不剩。至於我嘛……要是你解除我的毒，我會很慢很慢地將你折磨到死。」

從未嘗過被逼至絕境滋味的大荒落，理智已達瀕臨崩潰邊緣，滿臉大汗大口喘氣，思忖著該如何抉擇：「別小看十二獸啊啊啊！」

大荒落將施放在大淵獻的毒素解除，轉移到卡司莫斯身上。半晌，他感覺到牢牢鎖住頸椎的力度放輕，表示毒素已成功入侵。

大淵獻象軀一震，眨了幾下眼睛，如夢初醒般環視四周。

「給我聽著！眼前兩個就是敵人！趕快消滅他們！」大荒落大喊，現在奇諾斯和卡司莫斯都中了毒，沒法對他施展攻擊。

「敵人？誰？你是誰？」

大荒落在很早很早以前，就把毒投放在大淵獻身上。亦因為這樣，他才成功靠大淵獻暗殺了其中一個十二獸，成為替補成員。

然而，這些年大荒落連一次都沒解開過大淵獻腦內的毒，只把他當成木偶娃娃一樣擺布，偷襲、硬幹、擋傷害！

只要敵人不超過三個，再用毒令敵人看不見大淵獻，就能彌補他攻擊力超薄弱的缺點，事實上，就連攻擊潛入地底的鬼武士的魔力波動，也是來自大淵獻的魔力。

「我是你的同伴，你是十二獸的其中一員，記得吧？我們接受『執徐』的命令要奪去管理局的權力。」大荒落焦躁萬分，把計劃如盤托出。

「執徐是誰？」大淵獻歪著頭，受到魔力長期控制影響，他的腦海只剩一堆粉紅色氣泡。

「幹！你知道單憑這句話就足以令你失去作為十二獸的資格嗎？執徐是我們的首領，代表龍的執徐啊！」大荒落怒吼。

「你剛才好像說了一些很重要的話，我該用筆記紀錄下來嗎？」奇諾斯在旁歪頭。

大淵獻整個人像被石化般，眉頭緊皺陷入沉思……或沉睡。

「你這頭死肥豬還在等什麼！快救我啊！」大荒落吼得更兇了。

「讓我想清楚十二獸是什麼，我才考慮要不要幫你。如果十二獸不是好東西，那我退出也是好事吧？」大淵獻嘟起下唇，交叉雙手。

大荒落暗自發誓，這輩子都不該解開大淵獻的毒。而他想不到，更扯的事還在後頭。

「喂喂壯哥。」奇諾斯吹口哨：「我這邊有漂亮的姐姐喔，他才是敵人。」

大淵獻的眼睛從原來細小的一條線，變成珍珠奶茶的珍珠：「漂亮姐姐？」

每個人的心中都有一個天秤。

有些男人的車子或模型比老婆更重要。有些女人覺得金錢比自己身體更重要，小孩寧可咳嗽到窒息都寧可吃糖果而不吃藥。

此刻在大淵獻腦海中的天秤，其中一邊是齜牙咧嘴，對他呼喝使喚的大荒落，還有印象模糊的十二獸之首，代表龍的執徐。

而天秤的另一邊，是漂亮的姐姐，雖然沒法想像是什麼類型的姐姐，但吸引力十足。

「唔～」大淵獻皺眉發出苦惱的聲音，內心的天秤在搖晃不定。

「壯哥，看一下這邊。」奇諾斯又吹了吹口哨。。

大淵獻看過去，奇諾斯叫來了半獸人的聖女，向大淵獻彎下腰拋出飛吻，還不忘用雙手擠出乳溝。

大荒落感到咋舌，這是什麼鬼策略？他的毒仍對奇諾斯造成影響，怎麼……

「喂，你明明中了我的毒，為什麼能看得到大淵獻？」大荒落問。

「不知道，適應了吧。」奇諾斯聳背。

此時，大淵獻內心的天秤……垂直了！

他鼻孔噴氣，威風凜然地指著大荒落：「你！敵敵人！」

「Yes！沒錯！去吧！」奇諾斯嘗試凝視大荒落，但他似乎仍受到毒的影響，大荒落的身影飄來飄去，忽大忽小，手臂像蛇一樣七彎八拐，根本沒法好好攻擊。

「清醒一點啊！白痴！」大荒落試著逃開，但仍沒法甩開卡司莫斯的手，他表情痛苦，喉結發出低吟，僅靠意識死命抓住大荒落不放。

「媽的！別過來啊啊啊啊！」大荒落只能大吼，他的能力就只有毒，防衛力跟普通人沒兩樣，亦因為這個原因，才需要一直把毒灌在大淵獻體內。

奇諾斯正想把垂直天秤加在大淵獻身上，但大淵獻已化成怒神般，揮出充滿怨恨的全力一拳。

這一拳比起剛才的攻擊加起來都還要強橫，簡直是驚天地泣鬼神！

大荒落像全壘打一樣被揍飛到半空，撞到副本的頂部再自由落體摔回地面，臉部變得像個搓到一半，不小心掉在地上的人形黏土。

接著，宛如迷霧被吹散，奇諾斯感覺到視野豁然開朗，幻覺也消失了，大荒落變回一個瘦猴子。

他走到大荒落面前。

「投、投降！」大荒落癱軟在地上，只剩半張嘴能夠說話。

「太遲了，你傷害我的鬼武士。」奇諾斯說畢，將一直沒機會用的【垂直天秤】的能力轉移到右臂上，準備狠狠使出一拳。

「等等！我、我還有情報可以告訴你！」大荒落顫抖不已。

「撐過這一拳之後，有命再跟我透露情報吧。」奇諾斯把拳頭揮下。

「碰！」

天動山搖，骨骼碎裂，肌肉爆破的沉重巨響，響徹整個副本。

面對號稱最強獵人十二獸的戰鬥，竟宛如搞笑動畫般結束。

「你這次完全沒幫到手啊！竟還自稱最強的黑龍！」奇諾斯揶揄。

「俺實在……太大意了。」尼德霍格終於恢復意識。

「這次你該有狠狠殺死背叛你的人吧？」奇諾斯問。

尼德霍格沒有回答，展開巨大的翅膀颳起風沙，變回披風伏在奇諾斯的肩上。牠絕不會告訴奇諾斯，自己在幻覺中被「她」殺死了無數次。

卡司莫斯將奄奄一息，臉部嚴重凹陷的大荒落綁住，此外大淵獻說不想繼續當十二獸了，雖然記得的不多，但願意提供有關十二獸的更多線索，條件是讓漂亮的姐姐抱抱他。

卡司莫斯決定把他帶回管理局，讓催眠師挖出他的深層記憶。

「那麼我走了，你沒事吧？」卡司莫斯詢問。

「放心，聖女會替我療傷。你不留在這裡嗎？我看你這段日子住得頗開心的。」奇諾斯又說：「你看，骷髏怪知道你要走都哭了。」

「喀喀喀！（你這渣男！）」骷髏怪這麼說。

「咦？哥，幹嘛你眼睛紅了？」

「沒事，這陣子太累而已……現在我最想念的就是家裡的床啊，你也該在這裡添置一張吧，哪有人睡地板啊，又不是原始人！」

「不行，哥布林看到有彈性的東西會忍不住上去狂跳，枕頭更不用說了，肯定被亂刺一通。」

「嘰嘰……喳！」哥布林解釋說只是想瞭解枕頭內藏著什麼秘密，是逼不得已。

「隨便你～那麼我走了，有新的工作我會聯絡你。」卡司莫斯帶著大荒落和大淵獻離開副本，他嗦嗦鼻子，擦拭眼角的淚光。

剛才他中了大荒落的毒後，完全墮入幻覺沒法動彈時，看見了自己最恐懼的影像。

在管理局，奇諾斯拿著匕首執意要殺死父親報仇，而卡司莫斯擋在父親前面。

突然，奇諾斯雙眼瞪大，嘴角冒出鮮血。低頭一看，他竟握著刀，貫穿了弟弟的身體。

真希望……這只是幻覺呢。卡司莫斯心想。

★★★

兩個月前，卡司莫斯在會議室進行秘密會議。

「最近鄰國對我們發出譴責，他們說十二獸非法闖入他們境內。」

「沒關係吧，反正他們也不敢對十二獸怎麼樣，副本的狀況如何？」

「還有三個Ａ級副本，八個Ｂ級副本未處理，其中一個在機場影響較大。」

「十二獸呢？」

「還是一樣，沒一個回覆。」

「派莎瑪去吧。」

作為權力核心，卡司莫斯很清楚外界覬覦管理局的權力，尤其近年父親身體狀況不太好，長時間待在房間休養，連跨國的例行會議，都交由卡司莫斯負責。

他們擁有「十二獸」，各國無法亂來，但這十二頭猛獸幾乎不受控制，講難聽點就像養了一群合法的恐怖分子。單是擺平他們搞出來的亂局，蓋住那些不利傳聞，已讓卡司莫斯頭痛萬分。

他隱約嗅到，某種大事正在醞釀的氣味，不能讓它繼續發酵，否則後果不堪設想。

「唔……」卡司莫斯深陷在椅子皺眉沉思：「有一件事想問一下大家意見，如果我們沒有十二獸的話，管理局會變成怎樣？」

「會少很多麻煩。」

「同意。」

「但在國際關係上，我們會沒有話語權。」

「沒錯，大家都只怕十二獸。」

「唔……」卡司莫斯像是下定決心：「既然十二獸是個麻煩，那把他們全殺了吧。」

會議室所有人都對他的口出狂言感到咋舌。

「只要我們用壓倒性的實力把十二獸除掉，其他國家就不敢小看我們了。嗯嗯，就這麼決定。散會！」

一聲令下，原本擁擠的會議室瞬間變得空蕩蕩，只剩卡司莫斯一個人。應該說，這場秘密會議本來就只有他，其他人是他用能力【包羅萬象】變出來的影分身。每個分身都擁有獨立思維，各自以不同角度的方式思考，也不用擔心機密會外洩，一舉兩得。

卡司莫斯早就關注著十二獸的動向，也知道他們的非法勾當，於是他派出奇諾斯去執行任務，把背後的大魚釣出來。

然而，當時的他壓根沒想到，那條大魚不是魚，而是條惡龍。

卡司莫斯收到線報，三位十二獸的成員回國了。分別是闇茂、涒灘、作噩。為了不讓他們有機會逃掉，卡司莫斯決定殺他們個措手不及。

要做，就要做得乾淨俐落。

卡司莫斯穿著黑色雨衣，揹著便攜式的輕型氧氣筒，飛到接近一萬米的高空，等待著指示。

「報告，大約還有十六秒就能看到目標，方位正確。」

「嗯，知道了。」卡司莫斯把氧氣罩脫掉。

他雙手擺在左邊的腰間，凝聚心神，把體內的能量催動到極限。

驀地，眼前的雲層出現龐然大物以高速逼近，那是闇茂、涒灘、作噩坐的私人飛機。

「龜派氣功！」卡司莫斯雙手揮出，一道猛烈的能量波射出，與飛機正面相撞！

「碰！」飛機瞬間炸成火球，照亮夜空。

一道巨大的黑影竄出，作噩化成巨鷹，背上站著闇茂和涒灘，他們在飛機爆炸的前一刻逃出來了。

「果然沒想像中那麼簡單呢。」

涒灘一眼便認出眼前的卡司莫斯。

「總統兒子啊？這是什麼歡迎儀式嗎？我差點被你炸成炮灰啊。」

「抱歉，是歡送儀式呢，歡送你們下地獄。」卡司莫斯絲毫沒猶豫，從雨衣的口袋拿出一本全黑色筆記，寫上他們的名字。這正是日本漫畫《死亡筆記本》中的設定，擁有死亡筆記本的人，只需要在筆記本內寫上對方的名字，便能以特定的時間及方式讓對方死亡，若沒寫上死狀，則會統一心臟麻痺死去。

他看看筆記又看看眼前的三人。沒有效果……

「真沒品味，竟然沒看過。」卡司莫斯把筆記本收起來。

「這樣的話，我們可以把你當作敵人殺死吧？」闇茂露出尖牙，他的技能【吸血鬼】能力就跟一般認知的吸血鬼一樣。

「被問起就說是正當性防衛啦，拳腳無眼呵呵。」涒灘怪笑，全身怪物般的肌肉隆起。

「你該不會不瞭解執徐的脾氣啊，解釋……真的有用嗎？」作噩技能【活化石】能變身成任何已經絕種的生物。

「你們不用擔心，我也會用全力殺死你們。」卡司莫斯以一敵三，依然神色自若。

閹茂再也按捺不住，從作噩背上躍起，變身成一堆蝙蝠衝向卡司莫斯。

卡司莫斯運起能力，背後浮現出一個半透明的紫色人形，散發出霸王的氣勢，卡司莫斯大喊：「白金之星，時間停頓！」

蝙蝠化成黑影衝向他，並沒有停下來。能力沒效。

「到底你們平常有什麼娛樂啊！」卡司莫斯抱怨，伸手以魔力波動將蝙蝠群彈開。

蝙蝠靈巧地在半空旋轉，繞到卡司莫斯的背後變回人形，閹茂露出尖牙朝頸背咬下去。

卡司莫斯感覺頸背傳來劇痛，他只好用瞬間移動來脫身。他摸摸頸上的傷口，血已經止住了，但全身上下都傳來地獄級的痛楚。

「嘿嘿，那是我的神經毒素，你會痛死吧？」閹茂冷笑著說。

「不會，自癒對我來說是小事一樁。」擁有復原能力的動漫作品多如天上繁星，只要卡司莫斯有看過這些作品，對自身加持的能力就有效果。

任何技能都有限制和弱點，這能力除了非常消耗魔力，還有一個致命的限制。若向目標施放技能三次失敗，二十四小時內【包羅萬象】將完全無效。

死亡筆記本和時間停頓都失敗，還剩下一次機會。

此時，卡司莫斯被一股強大得沒法抵抗的力量拉扯，下一秒，他已出現在涒灘面前。

「歡樂地來一場單挑吧！」涒灘揮出怪物級的直拳，卡司莫斯舉起雙手格擋，骨骼瀕臨報廢。

卡司莫斯往上爬升拉開距離，但下一瞬間，再次被無形的力量將他朝涒灘的方向吸過去。

涒灘的技能是【武將單挑】，只要鎖定目標，對方便不得與涒灘拉開距離超過三米，必須以近距離展開肉搏，直至其中一方死亡。

當涒灘掄起拳頭，背後突然傳來一陣電鋸的聒噪聲。涒灘猛然回頭，一個戴著面具的巨大身影，雙手拿著電鋸劈下。

涒灘閃避不及，電鋸將涒灘的前臂鋸出一道可怕的傷口，深可見骨。

「嘿嘿，經典恐怖片系列。」卡司莫斯說。

卡司莫斯從情報中得知涒灘的能力，所以他也有備而戰，想出這個計劃，不讓涒灘有一對一的機會。

【包羅萬象】的能力，是對施放者與目標的「共同實現」，除了能夠將潮流文化作品內的虛構角色實體化，還包含著施放者與目標雙方有共識的潛規則。

例如那些經典恐怖片內的殺人狂，都存在著一些「規則」。

恐怖片規則一：「總是在目標的背後出現。」

血花四濺令涒灘全身都沸騰起來，怒吼一聲，一記左拳打中電鋸殺人狂的腹部，殺人狂身體前傾，涒灘便朝下巴給予一記全力的上勾拳。

殺人狂整個人仰後，下巴碎裂，但……沒有倒下！反而堅定地掄起電鋸。

恐怖片規則二：「沒到結局，殺人狂根本殺不死。」

涒灘沒放過眼前這極大的破綻，連環拳轟向殺人狂，但電鋸卻依舊劈下，涒灘雖側身避開，仍被削去背部一片肌肉。

「剪刀人，你也出來幫忙吧！」卡司莫斯一聲令下，雙手被改裝成剪刀，身形瘦長的身影從左腳下冒出，「嚓嚓嚓嚓」的窸窣聲，削去涒灘一塊小腿肌肉。

涒灘暴怒奮力一踩，剪刀人消失了，那地動山搖的一腳重重踏在化成巨鷹的作噩背上。

「喂！你小心啊！」作噩痛得飆淚。

以一敵三，涒灘顯得狼狽不堪，卡司莫斯專注避開攻擊，不斷揮空拳的涒灘才幾分鐘便氣喘吁吁。

化成蝙蝠的閹茂見狀便飛過去助攻，像蒼蠅般死纏著卡司莫斯，在他身上咬出多個傷口，中毒、出血、暈眩、痲痺……各種負面效果通通灌注在卡司莫斯體內。

「好煩喔，異形寶寶軍團出來吧！」卡司莫斯利用能力令身體瞬間恢復，不然很快便會被這些負面狀態入侵腦袋。

但繼續下去只會白白消耗魔力，卡司莫斯像魔術師般揮動衣領，十多隻外形像黑色有尾蜘蛛的異形，帶尖牙的伸出式嘴巴像青蛙捕蚊子一樣，將亂飛的蝙蝠咬住。

作噩再也按捺不住了，不顧在背上的涒灘，變成兇猛的暴龍撲向卡司莫斯。

「King Kong，你最擅長殺的生物喔。」語畢，一具龐然巨物突然從天而降，猿臂撓住暴龍的脖子，在怪獸之王面前，暴龍像玩具一樣被撐開嘴巴，兩具巨大的身軀一邊扭打一邊高速墜落。

「真煩人……喂！涒灘！救他啦！」閹茂大喊。

「可惡！不要命令我！我現在超不爽！超想揍人！」一直處於悶戰的涒灘緊咬著

牙，把目標從卡司莫斯轉換成作噩，然後揮拳。下一秒，作噩像被磁石吸引般馬上出現在面前。

「白痴！你不能用那猩猩當目標嗎？」作噩又無辜地吃了一拳。

「我現在實在很需要揍人啊！腦袋完全沒法思考！加上我不知道那怪獸叫什麼名字，能力沒法使用在牠身上！」涒灘的技能【武將單挑】，條件是必須知道對方的名字。

闍茂跳到King Kong的頸背，一口咬下去，灌注神經毒液，King Kong發出慘叫然後消失。

卡司莫斯趁著空檔凝神檢視體內的魔力殘量，技能只足夠再用一次，他的能力還有一個限制。與目標共同實現的東西，目標愈覺得恐懼，那東西的能力就愈強。

如果一個人很怕狗，那麼卡司莫斯只要叫出一隻會喊著「大哥哥……」的狗，就足以嚇到對方屁滾尿流。因為那是隻在《鋼之煉金術師》造成不少讀者心理陰影的狗。

而眼前三位能單槍匹馬秒殺一支軍隊的十二獸，長期都出生入死在高水準的戰鬥中，心理素質強得不可思議。

也就是說，剩下的一次機會，必須將他們一擊必殺。

卡司莫斯沒想到要使出這招，因為要嚴格控制施放時間，否則後果不堪設想。

「喂，你們很多電影和漫畫都沒看過，人生應該有很多缺憾吧？有沒有想過，如果現在就世界末日，你們會很後悔沒看過《進擊的巨人》和《鋼之鍊金術師》呢？」

「嘖，這堆廢話不會為你爭取更多時間。」閹茂說。

「我想看耶但一直沒時間，執徐先生給我太多工作了⋯⋯」作噩回。

「是嗎？那太可惜了，下一個電影系列，你們好好反省一下做過的錯事吧。將你們打敗後我會馬上把能力關掉，不然就出大事了，真的幸好我們在萬呎高空啊。」卡司莫斯嘴角上揚，攤開雙手，將體內所有魔力集中在這次【包羅萬象】。

「世界末日電影系列！」

三人同時張大雙眼，他們雖然在半空，卻感受到整個天空在震動，沉甸甸的烏雲不斷爆出沉悶的雷響，宛如一頭巨獸在低吼。

數十道連環閃電像鎖定目標一樣朝三人劈下！閹茂變成蝙蝠散開、不能飛的涒灘只能用雙手抵擋，閃電連環轟落，把他全身皮膚都燒焦了。

作噩見狀趕緊變成翼龍，在半空中盤旋避過閃電，但體型龐大成為閃電的下個目標，被電得呱呱叫。

卡司莫斯滿意地笑笑，拿出跟管理局通訊的儀器按下通話。

「喂，是我。」

「報告，剛才雷達失效了！有一股強大的能量在干擾。」
「冷靜點，飛機已經被我擊落了，那股強大的能量是我弄出來的，我想你們派飛機來接我一下。」
「飛、飛機？」
「我魔力用光了，哈哈，從這裡掉到地面應該需要七分鐘吧。」
另一邊，閃電似乎停下來了，但一陣熾熱得沒法忍耐的熱浪湧至，在半空的闍茂和作噩同時抬起頭一看。
一顆隕石穿過雲層，向著兩人墜落！
「等……等等……我們……沒法……你的位置。」強大的能量甚至干擾了通訊儀器，只剩下一陣無意義的白噪音。
「哎，我應該先求救才使出這招呢，失策了。」卡司莫斯自由落體，像斷線風箏般從高空墜落。
一切都完了吧？對了，奇諾斯現在在做什麼呢？要是他比其他人更慢得知這個消息，一定會很傷心吧？
卡司莫斯從褲袋拿出奇諾斯送的手機，沒訊號。
把手機收回口袋繼續墜落，卡司莫斯已筋疲力竭，榨不出體內的半點魔力，連最基本的浮空也做不到。

「失策了，應該留一點魔力才對。希望可以掉落在海中心吧，可以省不少下葬費呢，嘿嘿。」

卡司莫斯望著火花閃爍的夜空，聽著耳邊呼呼的颳風聲。驀地，一陣破風聲迅速逼近！

難道是十二獸？儘管卡司莫斯疲憊不堪，仍想辦法壓榨出最後一丁點的魔力，準備迎戰。

閃電般的身影展現眼前，笨重的高帽、黑色長袍、掃把……

「呵呵，這絕對是韓劇的浪漫名場面呢。」還有招牌的高分貝笑聲，這人自然是獵人莎瑪。

一張魔力編織成的大網射向卡司莫斯，將他像魚一樣包裹住，懸吊在掃把下。

「哦哦，芙莉蓮妳來了嗎？我們一起去冒險吧。果然傳說是真的，真心喜愛動漫的人，死後會被喜愛的動漫人物接走，轉生到異世界。」卡司莫斯累得視野模糊。還以為看見了漫畫作品《葬送的芙莉蓮》中的精靈魔法使。

「別在我面前說其他女人的名字，我會吃醋的。不過我想知道，你的人生走馬燈中我的畫面占了多少？」莎瑪問。

「呼……原來是莎瑪啊，謝謝妳，得救了。」卡司莫斯鬆一口氣，又有點失望。

「你也真是誇張，一個人跑去單挑三隻十二獸。」

「對了，我的技能應該停止了，他們呢？」

莎瑪瞇起雙眼，用拇指跟食指圈看著已恢復平靜的夜空：「他們啊，我找找看，我好像感應到還有一個逃跑了……」

此時，一隻翅膀被燒焦半邊的蚊子，以不規則的飛行軌跡稍稍靠近。他是在最後關頭變身成蚊子的闇茂。

「幹！他媽的世界末日！活該！直墜地面變成肉醬吧！呼呼，來得好啊，她應該沒發現我吧，我只需要兩秒鐘，就能把她的血抽得一乾二淨，到時候我就能恢復……」

才說到一半。莎瑪單眼眨了一下，蚊子便「滋」的一聲，像被電蚊拍打中一樣化成灰燼。

「嗯，解決了。」莎瑪輕描淡寫。

「那麼，我們是共犯了。」卡司莫斯笑笑。

「我最喜歡滿腹計謀的男人了。」莎瑪也回以微笑。

冰冷的晚風呼嘯而來，卡司莫斯卻彷如泡浸在溫度剛好的溫泉內，莎瑪正將魔力傳輸到他體內，同時治療他的傷勢。

結果，卡司莫斯昏睡了整整三天，休養了兩星期才有辦法下床，這亦是為什麼他沒聯絡奇諾斯。醒來後，他便負傷來到網咖跟奇諾斯見面，繼續狩獵其餘的十二獸。

第九章

回顧完畢，卡司莫斯從奇諾斯的副本回來，洗去一身汙泥和哥布林的唾液，這段期間他只洗過兩次冷水澡，還要時刻提防骷髏怪偷看，他從沒想過可以在浴室沖個熱水澡是多麼幸福的事。

門外傳來一點聲響，卡司莫斯從浴室步出，表情從警戒轉換成歡容：「噢～爸，你來了。」

卡司莫斯精通觀察他人微小細節，洞悉每一句說話、表情、眼神的背後目的。所以他知道父親特地來找他的目的。

「茶？咖啡？」卡司莫斯擦拭著濕透的頭髮，把毛巾丟在一旁。

「不用了，我聽說最近幾次會議你都缺席，才特地來看一下。」凱特雷腰板直挺地站在房間中央，跟傳聞中「因病臥床」的形象大相逕庭。

「身體還好吧？」

「嗯，年齡大了，毛病自然多，正好趁這個機會讓你接手我的工作。」凱特雷上下打量滿身是傷的卡司莫斯：「看起來你很投入呢。」

「我喜歡親力親為，這也是跟父親你學的。」

凱特雷似乎沒耐性轉彎抹角：「記得我教過你吧？做決策之前要進行推進式思考。你最近似乎對十二獸有些意見。」

「我認為放任他們的話，會威脅到父親你的權力。」卡司莫斯答得斬釘截鐵。

「不錯，有危機意識，那接下來會發生什麼事呢？」

「若十二獸凌駕於管理局，其他國家便會向他們招手，更進一步削弱我們在國際上的話語權。」

「有國際視野，繼續。」凱特雷連連點頭。

「十二獸會各自擴大勢力，群雄割據，到時候沒有人……也沒有國家能控制他們，只會天下大亂。」

「所以你想盡早阻止他們？」

「沒錯，我發現他們暗中進行非法勾當，與跨國恐怖分子有密切來往，一點一滴累積資源，編織屬於他們的黑暗勢力網。」

「你的計劃是？」

「先將半數十二獸鏟除，屬於他們底層的獵人公會便會亂成一團，為了利益狗咬狗。覬覦權力的人會想爬到上層，逐漸打破規則，像病毒一樣感染金字塔最頂端。」

凱特雷揚起眉毛：「那麼你瞭解金字塔的最頂端嗎？」

「我只是最近才調查到，十二獸也是奉命行事，或許是某個更強大的勢力、或國家……」

「呵呵，不如聽聽我的計劃吧？」凱特雷突然嚴肅起來，卡司莫斯亦察覺到氣氛驟變。

「我是國家總統，同時是管理局創辦人，我拚上半生的努力，將『門』完全控制下來，現在人們看到副本出現，就跟聽到火警演習一樣。但沒人會感謝我，我的權力沒因此而增加，相反，其他國家只懂譴責我管不好十二獸，為了讓他們閉嘴，我做了一件事。」

凱特雷嘴巴禁不住上揚：「我殺死了十二獸之首，代表龍的執徐。」

「殺死十二獸？所以……你現在是……」卡司莫斯大感意外。

「沒錯，我成為了下一代執徐，也就是你所說的金字塔頂端。我打算以十二獸之名進行叛變奪權，然後將權力擴展到全世界。但你下一步的推測跟我的計劃有點不一樣呢，因為絕對不會天下大亂，你是我兒子應該很清楚我的為人，我比較喜歡有秩序的統治。人類啊，必須活於恐懼才會變得聽話。而我找到一個方法，能將副本內的魔物帶來這個世界！」

也許是卡司莫斯的特殊身分關係，再加上從小到大父親便訓練他成為一個軍事策略家，此刻，他冷靜的頭腦正高速運轉，消化著眼前這宛如隕石撞擊的重大訊息。

保護弟弟奇諾斯，還是遵循父親的野心？

「答：奇諾斯。」

有兩全其美的解決辦法嗎？

「答：以父親絲毫不肯退讓的個性，沒有。」

那麼，很可能得視父親為敵，甚至可能會賠上性命了，心理上能接受這個事實嗎？

「答：可以。」

能夠能戰勝他嗎？

「答：機會不大。」

戰敗的後果？

「世界會落入父親的獨裁統治，魔物會來到世界，很多人會死，奇諾斯也會死。」

結論：那就戰吧！

下定決心後，卡司莫斯吁了一口氣，凱特雷看見他眼神驟變，興奮得禁不住嘴角上揚：「真不愧是我悉心裁培的繼承者啊。」

「很抱歉，我不會是繼承者，甚至很大機會是奪權者。」卡司莫斯又說：「我只想知道，你打算怎樣對待我的弟弟？」

「弟弟？兒子啊，看來你還未知道吧？他只是一個詛咒的容器，本來那詛咒在你體內，從你母親懷孕開始，門就不斷出現在管理局，魔物衝著你而來，我為了保住你的性命，將你體內的詛咒抽出來，放在另一個軀殼內。」

「軀殼……？」

「一個夭折的嬰兒，不要問下去了，你不會想知道為何剛好有一個夭折嬰兒出現在管理局。」

「……」

「兒子啊，在這個弱肉強食的世界，弱者就必定成為犧牲品。那些在副本內壯烈犧牲的獵人，那個嬰兒，接下來將要犧牲整個管理局，還有你的弟弟……你應該慶幸自己不屬於弱者的那一群。」

「獵人的出現就是為了避免犧牲。」卡司莫斯說。

「獵人的出現代表汰弱留強。」

「強者應該用力量保護弱者。」

「強者應該用力量統治弱者。」

「你為了權力真的可以不擇手段嗎？」

「你錯了，我做任何事都可以不擇手段。」

兩父子在房間中你一言我一語，針鋒相對互不相讓，幾乎要迸出火花。接著，是一陣冷戰般的沉默。

卡司莫斯宛如韓劇中的男主角一樣搔抓著濕潤的頭髮，看似很傷腦筋地嘆氣，然後突然展露笑容。

「爸，謝謝你向我坦白。」

「？」凱特雷不太明白。

「我最害怕那種狗血的劇情了，如今即使將你視為敵人，我也絲毫不感到懊惱。」

「嘿。」凱特雷失笑：「現在我還需要你來幫我做一場戲，所以別急著犧牲啊。」

「做戲？什麼意思？」

「出來吧。」凱特雷一聲令下，身後憑空出現六個體格各異的身影。

房間的氣氛驟變，空氣間接連發出劈哩啪啦的響聲，在那些身影周圍的空氣扭曲繚繞。卡司莫斯單憑氣息就知道，出現的是十二獸剩下的六人：困敦、赤奮若、攝提格、單閼、敦牂、協洽。

「讓我兒子聽話一點，我需要將他帶走。」凱特雷下令。

「班長，請問我可以撞死他嗎？」身材矮小，一頭紅髮，代表「牛」的赤奮若像小學生發問一樣舉起手。

「我會馬上找其他人替代你。」凱特雷回。

「拜託別耍白痴了，真丟臉。」頭上有兩隻羊角的協洽白眼。

「知道，媽媽。」赤奮若說。

「我不是你媽。」協洽又翻了個白眼。

卡司莫斯後退兩步思忖，如今體內的魔力只恢復到七成，身上的傷仍未痊癒，假設接下來的戰鬥父親不出手，面對六個十二獸，還不知道對方的能力，自己會死嗎？

「答：會。」

機率有多高呢？

「答：100%」

「嘿嘿，那就毫無顧慮了。」

★★★

與此同時，在奇諾斯的副本內。

奇諾斯整個人呆愣得像靈魂出竅，雙眼失去焦點，握著手機的手不停顫抖。

大約十五分鐘前，他正在跟哥哥講電話，自從兩人成功將大荒落和大淵獻擊敗後，便開始討論下一個計劃。

「哥！下次來我的副本吃火鍋吧，你一定要嘗嘗半獸人薩滿的草藥湯底！深綠色像大便一樣但超好吃！」

「好啊，但我要先處理這邊的事務，我不在的時候，父親似乎也沒管過任何事，讓很多事情都停滯不前，有幾個Ａ級副本沒人處理，傷亡人數不斷飆升。」

「我去處理就行了。」

「哈，你還嫌你的副本不夠熱鬧嗎？」

此時，骷髏怪聽到卡司莫斯的聲音馬上湊過來，自從卡司莫斯離開副本後，骷髏怪便得了相思病，一直提不起勁。

「喀喀喀！」（寶貝，我很想你，想到我的骨頭都枯了。）

驀地，在浴室內的卡司莫斯聽到外面房間的門被打開了。

當時卡司莫斯放下手機步出浴室，便看見父親進來。

所以凱特雷說的一字一句，奇諾斯都聽到了。他的個性跟哥哥截然不同，腦袋缺乏快速接受現實的處理器。

接著，電話傳出一陣電波干擾聲便掛斷了。

「啊啊啊啊啊啊！」雖然奇諾斯從尼德霍格口中得悉真相，但這次由父親親口說出，內心的波動完全不能比擬。

奇諾斯一直都對父親心存恨意，更以復仇為目標，但經過長時間後，也只是說說而已，並沒有真正行動。有時候，他更會在心裡替父親辯護，或許父親當年有什麼苦衷，才會將他拋棄在充滿魔物的副本內。

但沒想到，多年後的今日，父親打算再一次利用他。

奇諾斯的暴怒，令整個副本地動山搖，這並非因為奇諾斯使用了技能【造物主】，而是他的憤怒令副本撼動了，魔物們慌忙躲進地道。

「喂，小子……」

尼德霍格還沒講完，奇諾斯便打斷牠的說話：「在這個時刻別叫我冷靜下來！」

尼德霍格瞬間安靜下來並感到訝異，一直站在生物金字塔頂端的牠，也是第一次感受到自己的氣勢竟被一個年輕的人類壓制。

而且，牠感覺到體內有東西在迅速流走，宛如對奇諾斯就範一樣，魔力毫無保留地被吸收。

此時，奇諾斯全身每吋細胞都變得滾燙無比，肩膀和頭頂散發出熱騰騰的蒸汽，尼德霍格觀察著自身流走的魔力流動，雖然要吸光尼德霍格的魔力是不可能的事，身為傳奇級的生物，魔力一下子就能恢復了，但並沒有儲存到奇諾斯體內。

奇怪了，那魔力蒸發到哪裡去了？

幾隻哥布林從副本牆壁的地道中在地上打滾，牠們抱怨副本的空間正在收縮，大便的房間不見了，只好在同伙的床上大便。但那是不可能的事，雖然所有副本都是隨機形成，但副本的大小是固定的。

過了一陣子，尼德霍格終於都記起來了，這種狀況曾經發生過一次！就是在奇諾斯的新技能【霸者掠奪】覺醒的時候，魔力就像煉丹火一樣成為燃料。

眨眼間，整個副本都籠罩著奇諾斯噴出的蒸汽，副本中的魔物亦開始出現奇怪的舉動，牠們的眼神渙散，像受到某種力量驅動般慢慢向著副本的出口走去。

連尼德霍格亦受到影響，不斷有力量在拉扯著牠，只是牠跟其他魔物級別不一樣，沒那麼容易受到控制。

莫非跟那群人類說的一樣？終於都來到這個時刻了嗎？尼德霍格內心不期然跟著沸騰起來，不過現在更重要的，是奇諾斯的狀況，要是他繼續喪失理智，那只會被敵人利用。

「喂小子，你能不能回應我一下？要是你不控制一下自己，你該知道會有什麼後果吧？繼續下去我要把你打昏了，你可別怪我。」

奇諾斯抬頭直視尼德霍格，齒間噴出焦煙。

「尼德霍格，你知道我的名字為何叫奇諾斯嗎？」也許奇諾斯想證明自己仍沒完全瘋掉，所以開始講話：「這名字是在出生時父親幫我取的，在我三歲被拋棄前，家中的保姆、護衛……全都是這樣叫我的。我如此討厭我的父親，卻一直沿用這個名字，你知道為什麼嗎？」

「為什麼？」

此時，尼德霍格瞟到哥布林已走到副本門前，握住出口的門把。

「你對人類的語言一竅不通吧？我的名字源於英文的Chaos，意思解作混亂、混沌、沒法控制。」

尼德霍格還注意到奇諾斯的淚水滑落，又瞬間被蒸發，化成跟周圍一樣的霧氣。

「夠了，我不想知道這種無聊的事，從來沒人給我起名，我生來就被賦予這個名字。」尼德霍格跟奇諾斯彼此能感應對方的情感，牠能夠感受到一股如浪潮般撲滅憎恨的情感——悲傷。

「至於哥哥的名字也很有意思，源於Cosmos，可解作宇宙、秩序、可完美控制的體系。」

「但這宇宙必須同時具備秩序和混亂才能順利運行，缺一不可。」尼德霍格不禁想起住在世界樹頂的討厭傢伙。

「剛才我終於都想清楚了，這或許是父親對我們兩個的期望吧……」

此時，咔勒一聲，副本的門順利打開了。

「我作為兒子啊，一定要兌現父親的承諾。既然他想要混亂，我就讓這個世界混亂到底。」奇諾斯的眼眸發出像寶石般的紅光，尼德霍格感覺到他的情緒現在平穩如水，但潛伏在水下，是等待爆發能毀滅一切的力量。

奇諾斯慢慢步向門，其他魔物已離開副本，像小學生到訪動物園一樣好奇地東張西望。

一塊巨大的瓦礫掉落在尼德霍格頭上，副本正在逐漸崩塌、地面裂縫愈來愈多，石牆不斷有石塊剝落，露出一片黑暗。

到最後，整個副本就像玻璃球一樣粉碎。

凱特雷和十二獸的猜測沒錯，奇諾斯是打破魔物沒法離開副本這項禁忌的關鍵。然而，與凱特雷的計劃似乎不太一樣，他本打算將奇諾斯抓住後，用殘忍的酷刑令他進入瀕死狀態，再把能力催動出來。

凱特雷壓根也沒想到，他作為一個父親，對兒子的惡言惡語，就是最殘酷的刑罰。

而奇諾斯在暴怒與尼德霍格的魔力催動下，靠著自己覺醒了這個技能……

【世界即副本】！

「小子，想去哪？」尼德霍格也是第一次來到人類居住的世界，從高空拍翼飛翔，俯視地上像熱鍋螞蟻般四處逃竄的人群，想像著將他們踩扁的奇妙觸感，難掩喜悅的心情。

「別浪費時間，剛才你也在手機裡聽到吧？哥哥很可能有危險，所以我們直接去敵人的大本營！」奇諾斯指向在鬧市中心鶴立雞群的高聳建築物。

異界管理局。

「哈哈哈哈！真夠氣魄啊！我已經按捺不住要在這世界盡情破壞一番了！」

就在這個時候的管理局緊急應變中心，電話像發了瘋一樣響個不停，因為各處都有魔物離開副本的警報。

一個在小學附近的公園，幾乎每天都有小孩在這裡消耗掉多餘的精力。

其中一名可愛的小孩在呱呱哭叫，因為他手上的雪糕被另一個「小孩」奪去了。母親聽到孩子的哭聲跑到他身旁。

「媽，我的雪糕。」

母親循著孩子手指的方向看過去，一個頭顱光滑，全身綠色皮膚的哥布林正高興地舔著雪糕，母親嚇得坐在地上，緊緊抱著她的孩子。
「嘰嘰！」（哭個屁，我吃雪糕！你吃大便吧！）
接著，哭聲就像警報一樣從公園各處擴散開來。
「這、這是什麼東西？」本來坐在長椅上講八卦的母親們都跑過去把自己的孩子抱起。
「哈哈，你們太大驚小怪了，這裡怎麼可能出現魔物，應該是整人節目吧？這只是布偶裝，Cosplay，Cosplay啦！哈哈！」其中一名小孩的父親走過去哥布林身旁，還拍打牠的頭顱。
下一秒，那父親的手被咬住了。
「啊啊啊啊！真的有魔物！」慘叫聲在公園迴盪，所有家長都衝過去遊樂設施抱起自己的小孩逃命。
其中一個母親抱著兒子直奔出公園，眼角看到像是自己兒子的人形物體，全身赤裸坐在沙丘上，對著她伸手哭叫：「媽～救我！」
母親低頭一看，才發現自己竟抱著一隻換上兒子衣服的哥布林。
「嘰！」（媽，妳要帶我回家嗎？我想吃雪糕！）
「怎麼沒有獵人啊？有人打電話給管理局嗎？」

其中一個抱著嬰兒躲在滑梯下的婦人拿出手機，有人拍她的肩膀。

她回頭一看，一具慘白的骷髏指向她手抱著的嬰兒。

「喀喀喀喀！」（請問可以讓我試試餵奶嗎？）

婦人發出高分貝的尖叫，現場所有人紛紛四散逃出公園。終於，有附近的獵人趕到現場，兩個拿著魔法杖的獵人走進公園內，看到遠處的哥布林追著那些父母，還拿木枝戳他們的屁股。

「這、這裡真的不是副本嗎？還是先通報給管理局吧。」其中一個獵人看看公園的門口，沒有副本的魔力反應。

「先不要通報，說不定這些魔物能賣錢呢，試想一下，是能離開副本的魔物耶，賣去馬戲團就很不錯了。」

「你說得沒錯，牠們只是些低級魔物，不用通報也能應付。」

就在兩個獵人沉醉在白日夢時，一個足以把正午陽光完全遮擋的黑影在公園上空飛過。

兩個獵人抬頭一看，一頭比Ａ３８０Ａ巨無霸客機更巨型的龐然大物在他們頭頂上方拍打著翅膀。

「黑黑黑龍？」獵人沒想到竟然能親眼看到只在獵人教科書或外國劇情片才能看到

的傳說級生物。
「等等，你看！在牠背上的，是人類嗎？」
「不可……」兩個獵人瞇著雙眼，用手擋在額上，像在觀察遠處不明飛行物體一樣，但當他們聊到一半，這一瞬間，尼德霍格那搭載著深淵的眼眸，跟他們對視了一眼。
兩名獵人同時昏迷暈倒。
「喂，你們別鬧了，我們有更重要的事要做，上來吧。」騎在尼德霍格背上的奇諾斯輕手一揮，發動了【造物主】，公園的草地突然變得像彈簧床一樣，將哥布林和骷髏怪彈上半空，抓住尼德霍格的腳尖。
那龐然巨獸再次攀升，穿過雲層，牠們的目的地只有一個。
異界管理局。

★★★

上一秒還是陽光普照，下一秒卻雷電交加。
在異界管理局的上空，被一片沉甸甸的烏雲籠罩，偶爾在雷聲間，能聽到巨獸的低吼，像挑釁般的雷電打在管理局總部的外牆上，空氣間瀰漫著奇異的燒焦味。

每個跡象都顯示著，現在並不尋常。

在管理局附近的居民，宛如聽到世界末日前的最後警告，道路被汽車擠得水洩不通，人們只好冒著大雨逃跑。

而最令人感到詭異的是，號稱比軍隊更強大的異界管理局，竟沒任何行動，別說由獵人組成的行動組，連一般救援後勤也不見蹤影，一切如常，彷彿目前發生的只是幻覺。

位於五十八樓的醫護病房內，一個瘦骨嶙峋，頭髮稀疏，皮膚灰暗的老人躺在床上，他吃力地睜開眼看向窗外。

「那是夢嗎？我要死了嗎？」這老人正是多次經歷瀕死邊緣，只為了窺探未來畫面的預言師，他在十幾年前，一次瀕死時所看見的畫面。

「烏雲罩頂，雷聲不斷，一個叫奇諾斯的少年，騎著一條邪惡黑龍，率領魔物大軍，包圍總統大樓。」

然後他又想起那天，總統凱特雷進行了一個將詛咒放在另一個嬰兒體內的邪惡儀式。

一個死嬰復活過來，體內承載詛咒，他的命運將比死更難受。

「總統大人，這個嬰兒也是你的兒子，你想將他叫作什麼名字？」預言師問。

「奇諾斯，他的名字必須是奇諾斯，只要他死了，預言才會被消滅。」凱特雷說。

為了不讓詛咒跑掉，凱特雷將那個無辜的孩子養到三歲，然後拋棄在副本內，成為魔物的祭品。

然而，那個祭品帶著魔物大軍，回來了。

★★★

「人類！就讓你們感受一下！被龐然巨物一口吞噬的恐懼！」尼德霍格降落在管理局的頂層直升機停機坪。那裡有十多個警備部隊持槍向尼德霍格掃射。牠一聲咆哮，便將所有警備部隊嚇到口吐白沫。

「先去找我哥。」奇諾斯說。

這次尼德霍格沒有鬧彆扭，直接變成披風伏在奇諾斯肩上。

「小子，你要有心理準備，我完全感覺不到他的魔力。」尼德霍格說。

「哈，你放心好了。難道你忘了嗎？我哥有技能【包羅萬象】，你感覺不到他的魔力，一定是因為他使出像『鏡花水月』或『萬花筒寫輪眼』之類的幻術技能。我哥超厲害，連你都騙過了！」奇諾斯踢著地板、牆壁、樓梯扶手……以最快速度朝著魔力波動的房間跑去。沿路遇到的守備部隊，連一發子彈都沒開過，就被化成黑影的奇諾斯直接撞倒。

「……」尼德霍格沒有回應，他跟奇諾斯心思合而為一，從紊亂的心跳聲便能知道奇諾斯此刻的慌亂。

來到七十一樓，尼德霍格感覺到在廊道盡頭的房間內，有股強大得無法形容的魔力，就像將全世界所有獵人的魔力加起來濃縮到一個房間內。

奇諾斯並沒放慢腳步，愈是接近，尼德霍格愈感覺到不對勁。

有一種更凌駕於「魔力」的概念，更純粹、更具毀滅性的力量潛伏在房間內。尼德霍格心底泛起一種既熟悉又抑制不住的戰慄感。

回過神來，奇諾斯已來到門口，他一腳把門踹開，四個人躺在地上重傷得沒法再戰，是十二獸的困敦、赤奮若、攝提格、協洽。

奇諾斯和尼德霍格的焦點，忽略了只受了輕傷的十二獸單閼和敦牂，直接落在身後仍穿著整齊西裝，兩手白色衣袖染滿血色的男人。

凱特雷。

「預言竟然成真了，兒子，多年沒見，看來你過得不錯啊！」

「發、發生什麼事？」單鬩剛想把突然闖入的奇諾斯的頭顱割掉，下一秒卻莫名其妙跪在地上。他眼角瞟到在他身旁的敦戕也在咬牙死撐，單是站著就吃力得很。

單鬩循著敦戕的視線一看，奇諾斯雙眼閃爍著紅光，陷入暴怒狀態。難道是他嗎？一隻看起來平平無奇的瘦猴子，身為十二獸的我竟然連站也沒法站好嗎？

單鬩的自尊心不容許他繼續跪著，於是他催動體內的魔力，奮力站起來。

然而，有人輕輕按住他的肩膀：「還不到你這種等級上場的時候，就繼續跪著吧。」

這次單鬩終於感受到，那種非人類所能及，凌駕於魔力、技能、科學的霸道力量。這不單單是能力上的差距，而是物種上的差距，宛如螞蟻不會妄想能勝過人類，蝦子不會想吃掉鯨魚。

單鬩閃過放棄掙扎的念頭，膝蓋乖乖親吻地板，很不爭氣地，單鬩內心泛起一種臣服便能活命的安心感。

凱特雷邁步上前，單鬩抬頭看了一眼。那雙眼……根本不是人類！

在場沒人能理解那股壓倒性的力量是怎麼一回事，除了尼德霍格，在對視的一瞬間牠就解理了這一切。

孤高、戰凜、死寂、沸騰！全都是面對唯一死敵的情感！

「老鷹，果然是你啊！那個人類老頭到底跟你做了什麼交易，才受你任意擺布，奪去身體？」尼德霍格問。

「交易？區區低等人類憑什麼跟我交易，你以為我是你嗎？誤信人類被殺，還被掛在商店當商品。」

「口氣真大，這感覺真的久違了。」尼德霍格說。

「久違？」

「想把你殺死的感覺。」

「可以跟我解釋一下嗎？你在跟誰說話？」奇諾斯插嘴。

「記得我說過世界之樹的事嗎？那傢伙的名字叫維德佛爾尼爾，住在樹頂，自以為是地俯視著人類。」

「別這樣說，我把技能送給人類，用來抵抗你們這些魔物啊。」維德佛爾尼爾說。

「小子，你好好看清楚。」尼德霍格將記憶意識傳遞給奇諾斯，讓他可以看清楚眼前凱特雷的真面目。

「線，我看到線……」奇諾斯隱約看到凱特雷背後，被奇怪的線牽引著。循著那些線，他看到了操控凱特雷的維德佛爾尼爾。

凱特雷只是個無意義的軀殼，真正在控制他的，是尼德霍格口中的「老鷹」維德佛爾尼爾。牠全身都包披著一層鷹般的堅硬羽毛，像中國風格的龍一樣有蛇形的身軀，頭頂長有一雙詭異的鹿角，還有跟鳳凰一樣冒光的尾巴。

（跟大家補習一下世界觀，創造神創造出世界樹，整個世界都由這棵樹組成，樹頂住著老鷹維德佛爾尼爾，樹根住了黑龍尼德霍格，樹的內部則是人類的世界。尼德霍格咬穿了樹底想進入人類世界，卻被「門」擋住了。而老鷹看不過去，賦予人類進一步潛能開發出各種「技能」）

「我的目標是殺掉那孩子，你卻要保護他，看來我們註定是死敵了。」維德佛爾尼爾說。

「註定？誰註定？你就沒想過是創造神故意製作出來的遊戲嗎？」尼德霍格說。

「遊戲啊～這孩子有能力開啟副本的門，也有能力將你們永遠關在地底，所以只要我殺死他，這場遊戲就是我贏了。」

「夠了！你們都給我閉嘴！」突然，奇諾斯的怒吼同時震懾住維德佛爾尼爾和尼德霍格：「人類不是什麼玩具，也不是你們的遊戲，我們擁有自由意志。」

「小子，我知道你很生氣，你擁有無限的潛能，所以我一直都放由你亂來，但接下來的戰鬥跟以往不同，稍一不慎整個人類的世界都會被毀滅，所以就交給我吧，就算我贏不了，也能跟他同歸於盡……」

「你也閉嘴啊，尼德霍格！」奇諾斯打斷了尼德霍格的說話：「這世界已變成副本，副本是屬於我的世界，所以我說了算。」

尼德霍格感到訝異，眼前的奇諾斯彷彿變成其他人，那實力……已超越人類能達到的級數，正如牠所推測，奇諾斯很可能是創造神的產物。

奇諾斯的目光轉向維德佛爾尼爾：「你是什麼時候占據我爸的身體？」

「時間啊~有差別嗎？如果我說在他拋棄你之前就占據他的心智，你打算原諒他？」

「我不知道，看情況而定。」奇諾斯又說：「下一個問題，我哥在哪？」

「你沒看到嗎？上方啊。」凱特雷豎起手指指向上頭。

奇諾斯抬頭一看，瞳孔瞬間收縮。

他看到卡司莫斯全身刺滿了鷹的羽毛，被牢牢釘在天花板上。

「尼德霍格，你說得沒錯，這個世界，很可能會被我毀滅。」奇諾斯一步一步走到凱特雷，踏下每一步，地板上都出現烙印，代表著奇諾斯壓縮到極點的憤怒。

回應著這份怒火的，還有……

「咔喇」、「咔喇」、「咔喇」、「咔喇」、「咔喇」、「咔喇」。

世界各地的副本，都在同一時間打開了，魔物解禁探頭而出，眼下四周都充滿著人類，這種不斷闖入副本傷害牠們性命的可惡生物。

拜技能【世界即副本】所賜，奇諾斯腦內的視角在一瞬間不斷擴大，就像打開地圖程式將視角無限拉遠，直至拉到看見整個地球為止。

雖然視角像在宇宙俯視地球，各個細節卻無比清晰。魔物襲擊人類，軍人對魔物開火還擊，獵人將魔物包圍殘殺。整個世界亂成一團，比喻成電影的話，是稱為蒙太奇的碎片畫面，像不斷彈出的尖刺般不斷刺激奇諾斯大腦。

奇諾斯想保護魔物不被獵人及軍隊所傷，另一方面又想保護人類，矛盾的想法使他左支右拙地不斷使用【使役】和【造物主】控制魔物與地形。

要看清所有零碎的畫面，再精準地用技能處理，腦袋就像高速運轉的引擎和過熱的電腦，奇諾斯痛苦地按住快要沒法承受負荷的頭顱。凱特雷察覺到異樣，嘴角上揚，輕拍單閦和敦戕的肩膀：「去吧，輪到你們上場的時候了。」

兩人像放掉頸圈的惡犬一樣拔地衝上去，把積壓在體內的恐懼與不解，通通發洩出去。

「殺！殺！殺！我要將他撕開八塊！」單閦以最高速化成一抹黑影來到奇諾斯眼前。

下一瞬間，本來在發愣的奇諾斯跟他四目對視。

我要死了嗎？不行，我要逃！這是單闕在剎那間的想法，可是，在他想逃開之際，卻一腳踏空摔倒在地上。

低頭一看，不是踏空，而是雙腿不見了。

奇諾斯使用【霸者掠奪】，奪去了他的雙腿。

在旁的敦戕爆發全身的魔力，只想來個孤注一擲，卻像插在生日蛋糕上的蠟燭一下被吹熄。

「是你們把我哥弄成這樣的嗎？」奇諾斯使用【造物主】令地面突然變成泥沼，兩人的身體陷進地底，只露出頭部。

「哈、哈哈……是他指使我的！」敦戕用下巴指向凱特雷。

「不關我事。」單闕也大喊。

下一秒，地面變得平坦，兩個像足球的頭顱在地上滾來滾去，秒殺兩個十二獸後，奇諾斯突然單膝跪在地上，陷入瀕臨崩潰的狀態，臉容扭曲地按住頭顱。

「小子，全力幹吧！我的魔力歸你所有！」尼德霍格說。

「嘿嘿，看來你有點撐不住了。」凱特雷拿出手機撥通電話：「幫我發放一個給全部獵人的通告，從現在開始，准許使用技能及武器，以最強武力消滅所有從副本逃出來的魔物。」

掛斷後，凱特雷興味盎然地觀察著奇諾斯的狀態，這個策略的效果非常顯著，奇諾斯頭一仰，雙眼發出熾白的光芒，意識不斷分裂於多個戰線令他幾近意識崩潰。

凱特雷看準機會，手一揚，射出維德佛爾尼爾的羽毛箭矢。

奇諾斯絲毫沒有反應，披風旋轉成一隻巨大的黑色龍爪，將羽毛全數擋下。

「當這孩子的跟屁蟲？真沒出息。」維德佛爾尼爾說。

「你才沒出息，選擇幫一個眷戀權力的老頭。怎麼不好好想一下，創造神把這個孩子製造出來，有什麼意義？」

「意義？意義就是玩厭了吧？記得祂上次玩厭時候發生什麼事嗎？祂種了一棵他媽的樹，把我困在樹頂啊！這樣做有目的嗎？你告訴我好了！」

「話真多啊，你是被老頭感染了嗎……」

「因為我在引開你注意啊！」

就在這個時候，天花板上的羽毛消失，被釘在天花板的卡司莫斯突然掉落。

奇諾斯終於回過神，按住絞痛的頭顱衝過去把他的哥哥接住。

奇諾斯拔地躍起，同一時間，凱特雷像脫線的木偶軟癱在地上。

「小子！別過去啊，是陷阱！」尼德霍格想喝止，但已經太遲了。

下一秒，卡司莫斯突然睜開雙眼，一手抓住奇諾斯。卡司莫斯的雙眼，變成老鷹的瞳孔。

「去死吧！人類小子！」卡司莫斯以手刀刺向奇諾斯。

這一擊灌注了維德佛爾尼爾的魔力，本能反應運起的【霸者掠奪】也被打碎，貫穿奇諾斯的身體。

「哈哈，創造神，看到了吧？這場遊戲是我贏了啊！」維德佛爾尼爾手一甩，將奄奄一息的奇諾斯丟掉。

奇諾斯心臟被刺穿，胸口的破洞不斷湧出鮮血，黑色披風將奇諾斯整個人包裹起來，阻止他繼續失血。同時尼德霍格也感覺到，奇諾斯的生命力正在迅速流失。

一個念頭掠過尼德霍格的腦海。

沒有猶豫很久，牠就下定了決心。

「小子……奇諾斯啊，記得第一次跟你幹架時我說過的話嗎？那是我的真心話，我真的很想成為人類。」

「所以……」

「你就滿足一下我的願望吧。」

原本包裹著奇諾斯的黑龍披風，從胸口被刺穿的破洞貫進他的體內。

另一邊，維德佛爾尼爾僵在原地，表情怪異。並不是不想動，而是動不了。

接著，卡司莫斯的嘴角裂開了一道縫。

「混蛋……終於……抓住你了……」卡司莫斯顴骨抽搐，艱辛地擠出字句。

「你竟然還未死？」維德佛爾尼爾使勁拉扯操縱木偶的線，卡司莫斯卻文風不動。

「沒看過《寄生獸》嗎？我把心臟和腦袋都移去其他位置了，不過我的魔力已經消耗得見底了，所以一直等待時機，因為我知道我的弟弟一定會出現。我在想，到時候或許你會附在我身上，這樣的話，我就能借助你的魔力恢復傷勢了。」

「放屁！你怎麼可能知道？」

「忘了嗎？我跟奇諾斯本來就住在同一個軀體啊！」

維德佛爾尼爾見勢頭不對，從卡司莫斯體內抽身，返回凱特雷的體內後，再慢慢站起來。

「唔，我再猜猜看……現在我看到的，只是你力量的一部分吧？你的本體應該還在……樹頂？」卡司莫斯說。

「以你這種自傲的個性，除非是逼不得已，否則不會甘於潛伏在我們這種低等的生物體內吧？」語畢，卡司莫斯走到奇諾斯旁邊，蹲下來輕摸他的頭髮：「殺死我弟弟，你就能從樹頂下來，只要保住他，你就永遠只能待在樹頂上？這就是你跟創造神的賭局吧？」

「……」維德佛爾尼爾沒法反駁，更訝異卡司莫斯單單從剛才的對話，就能揣測出全部真相。

「奇諾斯，該起來了，你最喜歡看的終章要來了。」

「哥？」奇諾斯睜開眼，看著對他微笑的卡司莫斯。然後，他又摸摸自己的胸口：「尼德霍格為了救我，犧牲了……？」

卡司莫斯嘆一口氣：「你愈想拯救所有人，就什麼人都拯救不了。先專注解決眼前的事吧。」

奇諾斯的心情平復下來，暴走亂飆的能量也變得沉穩，那自信得有點傲慢的笑容，也回來了。

「我做夢也沒想到，我們兩兄弟能夠聯手呢。」

「我也做夢都沒想到，最終敵人竟是爸。漫畫大多數主角都是尋找父親或者為父親復仇啊，果然漫畫跟現實不一樣。」

「不過，那隻笨鷹好像殺死了爸，現在也算是幫他復仇吧？」

「你們說夠了沒有！」維德佛爾尼爾因被輕視而勃然大怒。

奇諾斯與卡司莫斯同時盯著凱特雷。

「這是我的世界，你被判定為闖入者！」奇諾斯大吼。

兩人同時衝向維德佛爾尼爾，有彼此在旁協力作戰，無畏無懼。

「你以為能戰勝我嗎？」

「我們兩兄弟加起來……」卡司莫斯高高躍起，掄起雙拳。

凱特雷舉起雙手擋下攻勢，破壞力之巨大，讓地板瞬間崩塌，三人掉落到數層樓之下。

「天下無敵啦！」奇諾斯以瓦礫掩護，閃到凱特雷背後，一記重拳揍中凱特雷的背。

凱特雷背上長出鷹一般的巨大翅膀，像鋼刃般的羽翼橫斬向奇諾斯。

拜尼德霍格所賜，奇諾斯感覺到體內有源源不絕的魔力，使用【霸者掠奪】將攻擊擋下。

凱特雷的手化成鷹爪，乘勝追擊，卻被卡司莫斯一腳踹開，但似乎沒對凱特雷造成太大傷害，他拚命地追擊奇諾斯，想盡快將他殺死，結束這場鬧劇。

奇諾斯走到辦門室的門，門打開，連接著奇諾斯的副本，九頭蛇探頭而出，向凱特雷噴出火炎。

「咳咳……狡猾的小子！」凱特雷的羽翼被燒得焦爛。

「九頭蛇，你去跟其他同伙幫其他魔物吧，盡量控制住場面，拜託你們了。」奇諾斯可以用【造物主】把門建在任何地方，九頭蛇只需打開門就能到達每條戰線。

「嘶～」九頭蛇吐舌頭表示知道，門關上的前一刻，一雙瘦巴巴的綠色小手伸出門外，用彈弓射了一顆石子到凱特雷頭上。

那當然是頑皮不知死活的哥布林所為。

這樣的話，奇諾斯便能清空腦袋，專注在眼前的戰鬥上，他跟卡司莫斯交換了一下眼色後，像潛水般縱身跳入地板。

「想逃？」凱特雷直接將地板打穿，奇諾斯的身影暴露在半空。

「不不不，我只是在調整角度啦。」奇諾斯舉高雙手，凝聚體內澎湃的能量，頭頂出現一個黑色夾雜著電弧的巨型火球。

「這是尼德霍格的大招，你好好享用吧。」奇諾斯將黑炎球丟出。

「你想毀滅這個國家嗎？來啊！反正我的本體不在這裡！」凱特雷知道絕不能小覷，催動體內全數力量，使出維德佛爾尼爾的技能【龍噬】。

兩股巨大的能量互撞，本該引發宛如十顆原子彈相撞的巨大爆炸。

然而，什麼都沒有發生。

風平浪靜，凱特雷只見在賊笑的奇諾斯。原來剛才丟出黑炎球後，他也緊隨其後，再用【霸者掠奪】把【龍噬】給吞掉。

「再來一次吧！看你能撐多久！」凱特雷再次運勁。

「第二回合？不，是終局了。」奇諾斯剛才已判定凱特雷為闖入者，加上剛才的戰鬥，便使用【垂直天秤】，將所有吸收回來的力量，加持在……

卡司莫斯身上！

「位置剛好呢。」卡司莫斯不知何時飛到凱特雷的頭頂，手擺出手槍的手勢，指尖一個能量光球在凝聚。這是漫畫《幽遊白書》主角幽助的絕技：「靈丸」！

「這是唯一一套父親跟我一起看的漫畫啊，沒想到吧？」

「不……不可能，我不可能會輸給低等的人類！」

指尖的光球變得比太陽更熾熱。

足以把整個空間都化成一片白。

★★★

管理局總部的戰鬥落幕，整棟大廈被炸剩一半，沒有倒塌下來已經是奇蹟。然而，整個世界的戰事才剛進入白熱化，獵人利用城市的高樓大廈作為制高點，鎖定魔物的出沒點進行火力壓制。另一邊廂，除了一般魔物之外，副本的守護者也加入戰團，用霸道的力量逆轉形勢。
簡單而言，一發不可收拾。
卡司莫斯和奇諾斯幾乎耗光體力，單憑他們的力量也沒法阻止戰爭，卡司莫斯雖知道奇諾斯能夠控制魔物，但他沒有叫奇諾斯這樣做，因為他很清楚人類的本性，即使魔物舉起白旗，他以管理局之名下達命令停戰，也不可能立即停戰，人類只會趁機無情開火，變成單方面的屠殺。在人類歷史中，出現過多次簽署停火協議後偷襲敵國的案例。
兩人交換視線，聳聳背。
「看來我不是當英雄的材料呢。」奇諾斯累得呈大字型躺在地上看著夜空的星星，然而背景音樂卻是魔物的吼叫聲和人類的叫囂，大煞風景。
「彼此彼此。」卡司莫斯摸摸鼻子：「但放任下去，仇恨只會繼續蔓延，戰爭永遠不會完結，傷亡會變成數字，生離死別會變成日常。」
「看來……還是要俺……出手。」此時，一把聲音從奇諾斯的內心響起。
「尼德霍格？你還未死嗎？」奇諾斯驚訝得彈跳起來。
「誰說我死了？我只是換成另一個形式繼續生活。」
「明白了，就像你被人殺死後變成披風一樣！」
「……」

「弟你先別鬧了，聽聽黑龍先生怎麼說吧。」

「你哥比你更識趣，我有點後悔選擇了你。」

「可是你沒法逃了啊，難道你要挖開我的胸口像異形一樣爬出來嗎？」奇諾斯問。

「奇諾斯，你是能讓所有副本門打開的鑰匙，相對地，也能把門鎖上。」

「！」奇諾斯跟卡司莫斯同時對望。

「你的意思是……？」

「奇諾斯可以用技能叫魔物返回副本，然後把門鎖上。」

「但這樣，人類和魔物就永遠，失去共存的機會了。」

「不不不，這不是輕小說啦，人類和魔物不可能共存。」奇諾斯說。

「認同，放棄這個不切實際的想法吧，人類連跟貓貓狗狗和平共處都不可能。」卡司莫斯也附和。

「你們決定就好，那麼，接下來就看俺的表演。奇諾斯，麻煩你到外面一下。」

奇諾斯走到邊緣，地面颳起一陣旋風，奇諾斯的背部長了一雙黑龍的翅膀，輕輕一拍，奇諾斯便飛上半空。異界管理局大廈佇立在市中心，在高空的他幾乎能俯瞰整個城市。

為了讓所有獵人停止戰鬥，讓奇諾斯有足夠的時間控制所有魔物返回副本，尼德霍格決定來個核彈級數的震撼彈——

這是尼德霍格的獨有技能，能夠將逝世的靈魂抓住，成為牠的亡靈大軍，在第一次遇見奇諾斯時，正是使出這技能考驗他的能力。

【死者甦生】！

而這次，尼德霍格決定將剛才獵人魔物大戰中死去的靈魂，在半空中復活過來。

任何人都會在大雨中清醒過來，更何況是一場喪屍雨呢？

一具喪屍「碰」的一聲撞在汽車上，吸引了附近獵人的注意。

接著，十多具喪屍掉落在燈柱、公車車頂、樹上、露台……

獵人們抬起頭一看，數百具喪屍正從高空自由落體。

「快逃啊！逃進大廈內！」

「不要再打了，先逃再說！」

「媽媽！是我的媽媽！我要接住她！」

「放心，我有帶雨傘……啊啊啊啊！」

「哈哈哈！太有趣了！」奇諾斯在空中飛來飛去，觀看各處的奇景：「你這樣會壓死很多人耶。」

「放心，我有瞄準。」尼德霍格回答得很有自信。

內。

奇諾斯趁著獵人們慌亂走避，便打開所有副本的門，用【使役】控制魔物返回副本內。

史上最大規模的亂戰，竟然只花了半小時便恢復平靜，所有魔物像綿羊一樣乖乖返回副本內。獵人看到滿街摔得稀巴爛的喪屍，完全失去戰意，更造成嚴重的二次心理傷害。

奇諾斯降落回管理局大廈。

「那麼，你也要回去嗎？」卡司莫斯問。

「嗯，我要用【造物主】創造一個讓所有魔物一起生活的超巨型副本，到時候，副本的門也只會剩下一個。」

「就像人間和魔界的概念嗎？」

「沒錯！」

「但……你會回來吧？」

「當然，等《獵人》復刊我一定會回來！」

「你將要面對的是所有魔物和守護者，也不能永遠用技能控制住牠們吧？你真的可以嗎？要是需要我幫忙的話……」

「不！哥，你就乖乖留在人間，當個救世主或英雄之類的吧，人類需要一個信仰，才能和平相處。而我嘛，你放心好了，因為……」

「我就是魔王！」

奇諾斯揮手，開門離去。

（完）

番外篇

今天是值得慶祝的日子，阿九成功考取獵人證，還勉強算交了一個新朋友。在工作人員替他簡單包紮後，離開獵人考試場地時已經黃昏了，他加快腳步，特地去超市買了正在促銷的啤酒，還有快要過期而特價的壽司拼盤。

來到住處的樓下，瞟見便利店靠近門口的位置的雜誌架，他走進便利店，彎下腰打量著整齊的漫畫，從哪本開始好呢？對於一直只看動畫的他，漫畫彷彿是從未探索過的領域，不知從何入手。

站在雜誌架前猶豫不決的他，最後挑選了幾本封面感興趣的漫畫去櫃檯，拿出獵人證結帳，店員主動幫他裝進購物袋內，還有禮地向他鞠躬道謝：「謝謝先生光臨！」

離開便利店，阿九把獵人證放回口袋，感嘆只是多了一張普通的證件，待遇就有這麼大的差別。

乞丐、社會殘渣、沒用的廢物……因為有個欠下一屁股債，最後因喝醉酒而誤闖副本身亡的老爸，讓阿九從小就習慣被這樣稱呼。

阿九住的大廈沒有升降機，下雨天會漏水，老鼠和蟑螂隨處可見，還不時有癮君子躲在角落吸毒，沒人會希望住在這種鬼地方，但不是每個人都有選擇的權利。

阿九一邊踏著幽暗的樓梯，一邊想著要搬去其他地方，反正有獵人證，銀行便會批核貸款。

「媽，我回來了。」阿九打開家門，客廳的電視播放著粵語影片，但客廳空無一人，這是阿九出門的習慣，因為能讓在睡房的母親聽到客廳的聲音，令她比較安心。另一方面，這些快要重建的社區闖空門打劫的小偷很多，電視開著能讓小偷以為家中有人。雖然阿九的家也沒什麼值錢的東西可偷，最貴重的是母親要用的醫療儀器。

阿九把食物放在桌上，跑進浴室，將全身衣服脫下，再穿上像太空衣一樣的防護套裝，連腳也套上密封的膠襪。頸、手腕、腳腕都綑好膠帶後，他才小心翼翼從浴室走出來，打開房門。

這裡不是一般的睡房，擺滿各種醫療儀器，全身都插滿管子躺在床上，連呼吸都要靠儀器幫助的，正是阿九的母親。

「媽，妳還好吧，今天看起來臉色好了很多喔。」

「媽，從今天開始我就是獵人了，看看這張獵人證，雖然現在還是新手獵人，但我會努力接下各種任務委託，這樣很快就能升上A級獵人，妳就可以到更高級的醫院做手術了。」

獵人在社會享有各種福利，坐飛機免費升級頭等艙，飯店能住最高級的套房，去醫院進行手術甚至不用排隊。

「媽，不過現在還是先搬離這個地方吧，搬一個近郊區的地方，呼吸點新鮮空氣會對妳身體好一點。」

從頭到尾阿九滔滔不絕地說著，他的母親只有隨著儀器，胸口一起一伏地呼吸著。

「媽，先吃飯吧？我買了壽司。」

母親當然不能進食，連張開嘴都沒有辦法，幾年前，醫生在她喉嚨中間開了個洞，用作抽取濃痰或輸送營養液，阿九也順勢用他的技能【細胞首領】，隨著營養液一點一點地進入母親體內。

工作要開始了，阿九閉目凝神，控制在母親體內的細胞，精準地將致命毒素排出體外……

丈夫去世，欠債鉅款，精神及肉體都被折磨得體無完膚的母親，某天竟痴呆地走進封鎖地區內的副本，雖然被及時營救出來，卻被不明毒液入侵體內。毒素一點一滴地侵蝕她的身體，各地醫院也束手無策，必須找到那條在副本中的毒蛇，才能製作解毒劑。

然而，母親誤闖的是一個S級副本，根據管理局的報告，魔物的分布過於密集，擁有不同特性，地形又難以進攻，由於種種原因，想要攻克這個副本，估計需要動員過百名A級獵人，仍未計算折損人員的機率。

那是一個偏僻的貧窮社區，簡單來說就是風險高回報低，十二獸當然不肯出手，管理局的風險評估小組最後決定，協助居民撤離，並永久封鎖該棟大廈。

吃過晚飯後，阿九躺在床上端詳著那張獵人證，回想獵人考核的驚險場面，又想起自己不小心惹怒了斯諾奇。

「下次若有機會見面，我們就打個至死方休吧。」斯諾奇用力地握著他的手，那麻痺感現在仍有餘悸。不過阿九屬於個性樂天的人，他心想「明天一定會更好」。

不過，上天最愛捉弄樂天的人，隔天早上，阿九打開新聞，看到報導說那棟擁有S級副本的大廈即將被拆卸。

「什麼？有沒有搞錯！難道就不怕魔物會四處亂竄嗎？就算魔物不會跑出來，瓦礫壓到小動物或無辜的露宿者也不太好吧？」阿九抱著電視大吼，彷彿新聞報導員能聽見他說話一樣，他的老毛病是一緊張起來就會亂講一通。

驀地，睡房檢測心跳的儀器響聲變得頻密，臥床的母親聽到阿九的怒吼產生反應。

「媽，放心！我會想辦法的！」阿九強自冷靜下來，喃喃自語：「我是獵人！我有辦法的，我成為獵人了！什麼問題都能解決！」他拿出獵人證，用手機連上獵人專用的系統，然後輸入獵人編號，按下「發出任務委託」和「招募組隊」的選項。

整個早上都坐在客廳抖腳，抖得天花板的灰塵都掉下來，每隔三分鐘就看一看手機，但依舊沒人回覆。想也當然，S級副本誰敢貿然攻進去啊。

他還試過發訊息到管理局求助，但對方說：「這是更高級獵人負責的事。」

掛線後，阿九猛地站起來，大喊：「媽，我出去一會。」

阿九用獵人證的信用額上限購買了大量的高效恢復藥水，以及一些射擊類的武器，他不太擅長使用其他武器，射擊準確度也差強人意，使用這類武器的原因，只是可將細胞送進敵人體內，還有就是他怕死。

來到大廈的路口前，由於沒人會來這區，道路的裂縫間雜草叢生，入口被印有警告字樣的膠帶封鎖住，壁紙斑剝的外牆，散發出令人不敢靠近的危險氣息。

阿九再看看發送出去的任務委託和隊員招募，瀏覽次數只有2次，有一條新回應：

「誰要跟你這個E級獵人去送死啊垃圾！」

阿九把手機收入口袋，沒錯，垃圾就算死了也沒人覺得可惜，但他必須在死之前，救活他的母親。於是他深呼吸一口氣，將封鎖的膠帶撕去跑進大廈內。

根據報導顯示，變成副本的單位在三樓，阿九站在走廊前，已感受到那肅殺的氣氛，走廊兩旁擺滿了空的恢復藥水瓶，還有染血的急救繃帶，看來這些都是之前嘗試進攻副本的獵人留下來的。

阿九壓抑著顫抖，握著門把，走進副本。

映入眼簾的竟是一片茂密的叢林，瀰漫著濕潤的空氣，遠處有鳥獸的鳴叫，阿九放輕腳步，推開擋住視線的樹枝往前邁進。

走了約十分鐘，眼前一片豁然開朗，原來他位於一座山丘上，放眼望去，有一座像是瑪雅遺跡的梯形建築物，頂端有一座像蛇一樣的石雕，毫無疑問，副本的守護者就在那個地方。

驀地，一陣震耳欲聾的嗡嗡聲逼近，抬頭一看，是十多隻像牛一樣塊頭的巨型蜜蜂，高速向阿九襲來。關於副本能找到的資料不多，所以他完全不知道副本內有什麼類型的魔物。面對來勢洶洶的巨大化蜜蜂，阿九勉強低頭閃避過俯衝的一擊，待蜜蜂拍翼攀升時，嘗試拿起背上的弓，用沾有細胞的箭進行射擊。

其中一箭掠過蜜蜂旁邊，阿九看準時機：【細胞異變】！

箭矢突然像炸彈一樣爆炸，一隻蜜蜂像著火的戰機般墜落。

「嗄、嗄、嗄……知道我厲害了吧？」阿九從背包掏出一支恢復藥水，倒在缺了一塊肌肉的小腿上。

雖然痛到飆哭，但小腿「滋」的一聲冒出白煙，肌肉快速復原。

阿九所有技能都以他身體的組織作為媒介，強大的技能便需要使用更大量的肌肉和骨骼。

「我能行！」阿九跺一跺腳，沿著陡峭的山路往下滑行，那群蜜蜂似乎沒有再回頭，他稍微加快速度。

跳到一塊岩石下，前方有一隻巨大化的兔子，正在跟他對視。

「兔子該是善良的動物對吧？小兔兔，我沒惡意，請問可以讓我通過嗎？」阿九說。

兔子鼻子嗦動了一下，肌肉糾結的強壯後腿突然一蹬，身體躍到半空，似乎想直接把阿九壓死。

阿九滾地避開，兔子著地後，朝他使勁踹去，幸好阿九像蟑螂一樣及時躲開，身後的樹幹被兔子踢斷了。

「一點也不善良啊。」

兔子沒注意到，阿九的整條手臂消失了，剛才他在滾地時，在地面埋下了用他身體組織造出來的炸藥。

此時，兔子伸直脖子，長長的耳朵豎起，然後蹦蹦跳著離開了。

阿九奇怪地東張西望，半晌，他感覺到地面在震盪。那又是什麼怪東西？一回頭……便看到像坦克般的獨角仙迅猛地向他輾過來。

這次阿九閃避不及，整個人被挑起撞向樹上，十幾根肋骨碎掉，刺穿五臟六腑，他耐住劇痛抓緊一根樹枝，要是掉下去一定被輾成肉醬。

他單手繞到背包內喝下一支藥水，呼吸暢順了許多，肋骨復原後，他翻身站在粗樹幹上。

獨角仙在樹下徘徊，甲殼互相碰擊時還發出像鋼鐵般的鏘鏘聲，還真是誇張，就算牠跑到炸藥下，也肯定沒法傷牠分毫。

阿九靈機一動，將埋在地下的組織再次轉換成更微小的粒子，靜靜等到獨角仙走到陷阱範圍。

時機到了，阿九發動技能，獨角仙被一股蒸汽包圍，氣體快速攝入獨角仙的體內。半晌，原本躁動的獨角仙安靜下來，呆呆站在樹下。

「成功了。」阿九跳上獨角仙的背上，只要他的組織成功入侵目標的腦袋，就能進行操控。

「好，這樣活動起來就方便得多了。」阿九抓緊獨角仙甲殼的縫隙，快速在叢林走動。這也是阿九的計劃，他不需要打敗那條毒蛇，只需控制牠再拔掉毒牙就行了。

阿九順利來到山腳，並向遺跡的入口走近，就如他曾看過的生物學文章一樣，要是所有生物都巨大化，昆蟲將會是生物的霸主。騎著獨角仙的阿九一路上暢通無阻，其他動物看到牠，紛紛夾著尾巴逃離現場。

終於，阿九進到遺跡內部，他使用照明的工具看清楚內部結構，一個廣闊的空間，兩旁並列著石柱支撐，盡頭的上方能夠看到有一個房間。阿九認定，那肯定是守護者——毒蛇的房間。

「去吧！」控制昆蟲真的是最佳策略，獨角仙的爪子能夠爬上石壁，輕鬆就以最短路線到達入口

就在他走到入口附近時，兩個龐大的黑影從柱後竄出，將整隻獨角仙撞飛。勉強控制牠揮動翅膀安全著陸後，阿九定睛一看，是兩頭黑猩猩，當然也比一般的黑猩猩巨大很多倍，看那手臂誇張的肌肉，能輕鬆將他撕成八塊。

「獨角仙，要麻煩你堅持一下了。」阿九躲在獨角仙的甲殼下，接著他命令獨角仙強行飛去入口，用堅硬的身軀堵住入口，讓他獨自進入守護者房間。

獨角仙觸爪高速划地助跑，猩猩似乎看穿阿九的計劃，衝過來想在獨角仙起飛前抓住牠。

「休想！你這樣就跟學校田徑接力賽因為跑輸旁邊同學，就犯規搶走接力棒一

樣！」阿九早在地面遺下了一隻大腿份量的細胞組織，命令它們將地面挖鬆，其中一隻猩猩一腳踩在上面，馬上掉進深坑，再用【細胞異變】混合泥土，變成鋪設路面的混凝土材質。

另一隻猩猩見狀跳開，用壯碩的手臂抓住石柱後，從高空跳躍抓住獨角仙。

幸好，阿九更快一步，在猩猩抓住獨角仙前跳到洞口，用另一隻大腿的組織封住洞口。

失去雙腿的阿九痛到幾乎失去意識，他掏出一支藥水喝下，等待身體完全恢復後才爬出洞口。背包還剩三支藥水，應該足夠了。

眼前是一個比剛才更空曠的空間，就在剛爬出洞口的瞬間，眼前有像鞭子的東西在眼前掠過，阿九沒法反應，只感覺到下半身一陣劇痛。

低頭一看，他的下半身像被丟掉的垃圾般，從洞口一路滾到地面。

阿九被攔腰斬開成兩半，卻完全看不清楚發生什麼事。憑著最後一口氣，他喝下恢復藥水，讓身體一邊恢復、一邊控制身體表皮組織變成細小的滑輪，在地面上滑行逃離。

他定睛一看眼前的魔物，那肯定就是守護者，但也太詭異了吧？一條垂直佇立在地面的巨大蛇形魔物，頭頂還長了十幾根觸鬚，每根觸鬚都長有尖刺，剛才把他斬開的就是這些觸鬚吧？

魔物頭頂中央有一個個長滿螺旋牙齒的嘴巴，估計是用觸鬚抓住獵物後，再將它吞進肚裡。

其中幾根觸鬚像是察覺到阿九仍未死透，像鞭子般襲向他。雖然還是看不清楚，但使盡全力還能勉強避過攻擊。

「可惡啊，太犯規了吧？難怪是S級副本。」平躺在地面高速滑行的阿九單單是閃過觸鬚攻擊就夠忙了，根本沒法還擊。

魔物大概不耐煩阿九左閃右避，長滿牙齒的嘴巴發出刺耳的嘶叫聲，整個遺跡都撼動起來。

本以為這是一個密封的巨大房間，不料牆上原來有很多通道，剛才在叢林看到的昆蟲，從那些通道中傾巢而出。

上百隻巨大的蟑螂在地面高速竄動，很快就將阿九包圍起來。

此時，一陣霧氣不知何時在魔物的頭頂上懸浮，然後像是確認目標一樣，快速竄進魔物的體內。

「嘿！嘿嘿嘿……笨蛇，你中計了啦！」阿九乏力地賊笑，剛才被斬下來的下半身，還算是阿九的身體，他靜靜地將它轉換成霧氣，再慢慢在不被察覺的情況下靠近魔物的嘴巴。

魔物的觸鬚像觸電般豎直，身體詭異地瘋狂顫抖，周圍的魔物也停下動作看著守護者的異樣舉動。

「如此大量的細胞入侵你的身體，接下來只要控制你的大腦就完事了。」阿九舒了一口氣，沒想到自己能從S級副本存活下來。

這次母親有救了……

沒想到轉瞬間，魔物的觸鬚再次自由地活動起來，魔物也繼續逼近。

「怎、怎麼可能……」阿九臉色蒼白，因為他發現了一個令人絕望的事實。

眼前的巨型守護者，沒有腦袋。

就在那堆蟑螂張牙舞爪地撲向阿九前，一條觸鬚將他整個人捲到半空，然後舉到魔物的血盆大口上方。

阿九用盡全力也沒法掙脫開箝制，若使用技能將身體分裂成小塊應該能順利逃脫，但恢復藥水已被觸鬚壓得粉碎，而且只要觸鬚一鬆開，阿九就成了這隻魔物的大餐。

外面的光線從遺跡上方的破洞透進來，令阿九終於看清楚魔物的真面目。

像水蛭一樣的滑溜溜身軀，皮膚表層不斷分泌出奇怪的黏液，還有頭頂上那些難搞的觸鬚。

原來，它根本就不是蛇，而是水螅。水螅屬於沒有腦袋的多細胞無脊椎生物，一般水螅身長只有十毫米，但眼前的魔物足足有十米高！

難怪阿九沒法控制它，他萬念俱灰閉起雙眼，準備在成為水螅晚餐時說出遺言。

「說吧。」突然，一把聲音從上方傳來。

「咦？」對了，為何遺跡會有一個破洞？阿九睜開雙眼，瞧見一個熟悉的身影，單手抓住破洞口突出的岩石。

「斯、斯諾奇？」阿九簡直不敢相信他會在此時此地出現。

「說啊！你只要說一句：『以後就算看完動畫，也要補完漫畫。』我就救你。」

「為、為什麼你會在這裡？」阿九感動得想哭。

「因為我收到你的組隊邀請啊，難得有人想進入Ｓ級副本，所以我就來了。」斯諾奇摸摸鼻子又說：「所以你是動畫派還是漫畫派。」

「我看！兩樣我都看爆！」

「嗯，就等你這一句。」

突然，一群半透明的日本武士從地面冒起，拔刀斬向那群黑漆漆的蟑螂。

另一邊，守在外面房間的巨猩猩飛撲向斯諾奇。

但一個比猩猩更壯碩的綠色身軀：半獸人戰士將對方給擋了下來，兩頭魔物雙手互握，進行純粹的力量比拼。

斯諾奇懶得尋找遺跡入口，直接在頂端開了個破洞，但在叢林的巨型蚊子和蜜蜂也都飛進來了。

斯諾奇從洞口躍下，九頭蛇則守住洞口，將那些昆蟲燒個稀巴爛。

「說起來，為何你會自己一個人走進副本？」斯諾奇踩在巨型水蝗的嘴巴上。

「我想要它的毒牙，用來救我母親……」阿九說。

「噢，這樣就簡單了。」

巨型水蝗暴怒起來，張開嘴巴將斯諾奇整個人吞進肚子。

【霸者掠奪】！

水蝗痛得把斯諾奇吐出來，他全身黏液出現在阿九面前：「吶，給你。」他把小蝗的斷牙交到阿九手上。

「呃……呃……謝謝。」

「我們去救你母親吧。」

這裡是S級副本啊，沒看到外面犧牲了多少獵人嗎？怎麼可能自由出入啊？阿九想反駁，但當他回過神來，已身處在醫院門外，他拿著斷牙，向母親的主治醫生提出製作疫苗。

「很抱歉，恐怕沒有辦法。」醫生回答。

「為什麼？」

「雖然不知道你是怎樣拿到那頭魔物的毒牙，但要製作疫苗還需要經過多次測試，使用魔物身上的材料，我們還需要向異界管理局申請……」

「但之前明明說好了……醫生，我求求你！」阿九準備下跪向醫生叩頭，作為社會最低等的存在，下跪是他唯一的本領。

「夠了，不要跪他。」斯諾奇扶著阿九的手臂，阻止他跪下。

「但……」

「我有辦法。」

斯諾奇拉著阿九的手臂，隨意打開一道病房的門，但他並沒走進病房，而是進入了一個像是山洞的地方，眼前有很多不同種類的魔物，而且有部分剛剛才在遺跡裡看到……

「這裡是我家，我很少帶其他人類來作客，所以牠們有些緊張。」說畢，斯諾奇便拿著斷牙給一隻史萊姆吃下，斷牙在史萊姆半透明的體內慢慢溶解，最後只剩一堆泡沫。

斯諾奇拿了一個空瓶，叫史萊姆分泌一點唾液倒在瓶子內。

「史萊姆是解毒專家！什麼毒都能解，你拿回去給你母親吧。」斯諾奇大方地把藥瓶交到阿九手上。

「你……竟能控制魔物？」回想起剛才在副本內魔物聽其命令跟其他魔物戰鬥，阿九驚訝得合不攏嘴。

「有時候，魔物比人類善良呢。」

「但如果你站在魔物的一方，剛才為什麼要揍魔物？」阿九補充：「你還把那些蚊子燒掉呢。」

「這就是人類奇怪的思想嗎？為什麼一定要有固定立場偏幫一邊啊？」

「身為人類說這種話更奇怪。」阿九吐槽。

「你說什麼？」斯諾奇作勢要打他。

之後，阿九把史萊姆的唾液帶回去，成功化解母親的毒素，沒再繼續侵蝕她的身體。

「媽，告訴妳喔。」阿九坐在床邊，輕輕握著母親的手：「今天我交了一個朋友，很古怪的朋友。」

（全文完）

三歲時被父母遺棄在副本，長大後成為副本主人並殺死進來的獵人們

作　　者　藍橘子
插　　畫　鹿卷耳

2024年2月1日　初版第1刷發行

發 行 人　台灣角川股份有限公司
總　　監　呂慧君
編　　輯　喬齊安
美術設計　吳乃慧
印　　務　李明修（主任）、張加恩（主任）、張凱棋

國家圖書館出版品預行編目（CIP）資料

三歲時被父母遺棄在副本，長大後成為副本主人並殺死進來的獵人們 / 藍橘子作. -- 初版. -- 臺北市：臺灣角川股份有限公司，2024.02
面；　公分
ISBN 978-626-378-424-6（平裝）

863.57　　112019590

台灣角川

發 行 所　台灣角川股份有限公司
地　　址　台北市中山區松江路223號3樓
電　　話　(02) 2515-3000
傳　　真　(02) 2515-0033
網　　址　www.kadokawa.com.tw
劃撥帳戶　台灣角川股份有限公司
劃撥帳號　19487412
法律顧問　有澤法律事務所
製　　版　尚騰印刷事業有限公司
I S B N　978-626-378-424-6
